ノエル

丸木文華

花丸文庫BLACK

ノエル　もくじ

イラスト／門地《もんち》かおり

聖夜の贈り物

昭和二十一年。十二月二十五日。

憂《うれ》いを帯《お》びた青い双眸《そうぼう》を細め、輝く金髪を潮風になびかせながら、二十四歳のアメリカ人青年——アレクサンダー・レイモンドは、船の甲板《かんぱん》から富士山《ふじさん》を眺《なが》めていた。

（ようやくだ。ようやく、この足で日本の地を踏むことができるんだ）

青年の胸は喜びと興奮と、そして僅《わず》かな故郷への愛惜《あいせき》に乱れている。けれど、日本の霊《れい》峰《ほう》を目にした瞬間に、その心は不思議と凪《な》いでいった。

今、青年の心の中にはドヴォルザークの『新世界より』の第二楽章が静かに、重厚に鳴り響いている。イングリッシュホルンの優しい、まろやかな旋律《せんりつ》が目の前の光景から奏《かな》でられているかのようだ。

なんという優美な、神秘的な山なのだろう。いや、山などではない。もはや女神だ。

山のいただきに刷《は》かれた雪は輝くばかりの白粉《おしろい》、裾野《すその》まで伸びる完璧《かんぺき》にして見事な曲線はなまめかしくも清廉《せいれん》な美女の肌だ。このたおやめが朝、夕、夜、と刻々と姿を変えていく様を思い浮かべるだけで、アレックスは恍惚《こうこつ》とした。

（父の蒐集《しゅうしゅう》した浮世絵で飽きるほど眺めてきたというのに、やはり本物はあまりにも荘厳《そうごん》だ……）

アレックスは感激にうち震え、繊細な睫毛《まつげ》に縁《ふち》どられた眼に涙を溜《た》めた。心の中で、幾度も目の前の美女に熱烈な接吻《せっぷん》をした。

今日は奇《く》しくもクリスマスである。そして、アレックス自身の誕生日でもあった。

ボストンにいた頃であれば、薪《まき》のくべられた暖炉の前で、親族や友人たちが集《つど》い、七面鳥《しちめんちょう》やプディングや、色とりどりの豪華な御馳走の載った大きなテーブルを囲み、贅沢な晩餐《ばんさん》を楽しんだことだろう。楽団の奏でる軽快な曲に合わせ、皆が浮かれて踊り、騒ぎ、シャンパンを飲み、大いに賑やかな夜を過ごしたことだろう。

けれど今、ボストンからは遠く離れた日本という小さな島国を目の前に、今にも雪の降り始めそうな曇り空の下、アレックスは甲板で北風に吹かれている。

悲惨な戦争が終わり、それから一年が過ぎた。日本文化に傾倒《けいとう》していた父の影響で、アレックスも幼少の頃より日本に憧れを抱き、大学でも貪《むさぼ》るように日本語を学んでいた。

だが、戦争が始まり、充実した学生生活は終わってしまった。日本軍に真珠湾《しんじゅわん》を攻撃されたことよりも、ナチズムが侵攻《しんこう》を重ねることよりも、研究を中断されたことに、アレックスは絶望した。忌《い》まわしい戦争に一兵士として投入され、ごみのように死んでいくのかと思うと、やり切れなかった。憎しみのあまり、できることなら戦争そのものを殺してしまいたかった。

　そのとき、海軍の日本語学校で通訳や翻訳の候補生を養成《ようせい》していると聞き、一も二もなく飛び込んだのである。

　日本語と触れ合える。戦時下でも、あの美しい言語とダンスを踊ることができる。そう思うと、青年の心はたちまち奮《ふる》い立った。

　優秀なアレックスは面接をクリアし、約一年間、みっちりと日本語を学び、読み書きはほぼ完璧にできるようになっていた。

　日本語の辞書を丸暗記し、与えられた書物は一晩で読破するその妄執《もうしゅう》ともいえるほどの集中力に、教師の日系人は恐れすら抱いていたようだ。授業中のアレックスの、教師の発音を、一語一句も聞き逃すまいとするその気迫《きはく》には、他の生徒たちも戦慄《せんりつ》を覚えていたらしい（これらのことは後《のち》に友人から聞いた）。

　勉強の甲斐《かい》あって、戦線で日本語の通訳官を立派に務めていたアレックス。この戦争の終わることを誰よりも望んでいたのは彼であり、日本兵の日記を読んだり捕虜《ほりよ》たちと語り合うことによって、いつしか日本を訪れたいという欲望は、押さえ難《がた》いものとなっていた。かの国はもはやアレックスの恋人、いや、憧憬《しょうけい》という点では、神とすら呼べるほどの存在だったかもしれない。

「アレックス、飯も食わずにこんなところで何してる」

おお寒い、と震えながら、同じく軍の日本語学校に籍を置き、今回同じ命を受けた同行の友人であるジョージはアレックスの肩を叩く。茶褐色の髪と瞳にオリーブ色の肌をした、スペイン人の血を引く彼は、いつでも朗《ほが》らかで楽観的であり、美食家で、そして冗談とそれを笑ってくれる女性とを何よりも愛している。

この陽気な男と偏屈《へんくつ》者のアレックスは水と油のように思えるが、出会ったときから不思議と馬が合い、その親交は続いているのだ。

「おいおい、何だその面《つら》は。まるで初恋の女にでも会ったような顔だぜ」

ジョージはアレックスの目に光る涙を見て、さすがに苦笑した。

「確かにその通りだな。今は胸がいっぱいで、何も喉を通りそうにない」

アレックスの答えに、ジョージは首を竦《すく》める。

「呑気《のんき》なもんだな。お前、本当はこんなところにいる場合じゃないんだろ」

「どういうことだ」

「坊っちゃまのおうちは遺産相続の争いの真っ最中じゃないのかよ」

「ああ……。だからこそ、俺は今ここにいるんだ」

アレックスの家は非常に裕福な、資産家といえる家柄である。アメリカが大恐慌《だいきょうこう》に襲われたときですら、家が傾いた気配は少しも感じられなかった。

アレックスの母はイギリスの伯爵家の娘であり、父は名の知れたフランスの建築家だ。二人はパリで結婚し、アメリカに移住してからアレックスを含めた四人の子どもをもうけたが、ひと月前に両親は不幸な自動車の事故で揃《そろ》ってこの世を去ってしまった。

アレックスは上の兄と一回りは違うほど遅くにできた子どもで、自由気ままに育っていた。家は長兄が継ぐことになるはずだが、この莫大《ばくだい》な遺産を求めて、平生《へいぜい》仲がよいとは言い難かった親族たちが骨肉《こつにく》の争いを始めたのである。

末っ子のアレックスはこれにあきれ果て、自分はすべて決まったことに従うと早々に逃げ出し、なんとか日本に行けはしないかと考えた。ここから脱出できるのならば、他のアジアの国でもヨーロッパでもよかったが、やはり理想は日本である。

だが、戦後まだ一年しか経《た》っていない今では、日本へ行く手段はかなり限定的なものとなっていた。

まずは裁判の通訳の話を受けようかと考えた。戦犯《せんぱん》を裁く裁判は五月から始まっている。様々な事情で欠けた人員を埋《う》めるために語学将校に政府からの申し出が届き、アレックスにもその話はきていた。

だが同時に、日本と取引をしている父の友人の実業家から、アレックスが日本語に堪能《たんのう》だと聞いて、通訳として働かないかと誘われていた。通常は日本人を雇うことが多いが、どこからかアレックスが日本へ行きたがっていることを聞いたのだろう。給料は期待できないが、優秀なアレックスは資金などいざとなれば自分の手で稼ぐことができるという自負《じふ》があった。

堅苦しい軍の役職よりも、顔なじみの実業家との仕事の方が自由に動けるかもしれない。アレックスは任務の後に知人の仕事を手伝いにいくという条件付きで、軍の通訳官を引き受けた。軍の上層部には社交界で顔なじみだった人物が多くいたので、彼の思惑《おもわく》通り、融通は利《き》いた。資産や家柄には頓着《とんちゃく》しないアレックスだったが、自分の目的のためには使えるものは何でも使う心づもりである。

アレックスは仕事が片付き、時期がくれば、東京の大学にでも籍を置き、日本文学を研究し、そして翻訳家として身を立てるつもりでいる。せっかく夢見た日本に行くことができるのだ。そのまま大人しく母国に帰る気など毛頭《もうとう》なかった。

「本当にお前は変わり者だよ、アレックス。どうしてそんなにこのちっぽけな島国が好きなんだ」

「どうして、と言われてもな。俺にもよくわからない。ただ、俺の生まれ育った家には、父の集めた美しい浮世絵《うきよえ》やら艶《あで》やかな漆器《しっき》やら豪華な扇子《せんす》やらがあった……物心《ものごころ》つく前から、俺は魅力的な東洋の芸術品に囲まれていたのさ。憧れを抱いても不思議じゃないとは思わないか」

「なるほど、血筋ってわけだな。だが、お前の兄弟全員が日本びいきになったわけじゃないんだろうに」

「ああ、そうだな。兄や姉たちは戦争以降、日本を忌み嫌っている。俺の友人や知人も、何人も戦争で死んだ……けれどそれとこれとは別の話だ。戦争はもう終わった。そうだろう？」

「だけど俺たちはこれからその戦争の後始末の手助けをしに行くんだぜ。まだ終わっちゃいない。お前の大好きな日本人を裁くんだぞ」

「ジョージ、君は勘違いをしている」

アレックスは友人の誤解をやんわりとたしなめる。

「俺は日本人が大好きなわけじゃない。日本の文化を、文学を、熱烈に求めているだけだ」

「とどのつまり、お前は人間になんか興味がないっていうのか」

「君から見れば、そういうことだろう。俺にとってはごく自然なことなんだが」

「ま、お前はそういう奴だよ」

ジョージはすでに諦めているかのように笑って、優しくアレックスの肩を叩く。

「さあ、富士山に見とれていると昼飯を食い損ねるぞ。早く食堂へ行こう」

アレックスのこのような態度に、ある人は怒り、ある人は呆れ、ある人は悲しそうにかぶりを振った。彼は自身の思考があまりに人々と違うことを理解していたので、求められさえしなければ、自分の心を正直に口にすることはない。

アレックスは幼い頃から優秀な頭脳を持っていた。あらゆる分野に秀でていたが、なかでも文学に傾倒し、特に日本のものに最も強い興味を持った。

彼は自分の関心を持ったことにのみ配慮と敬愛と慈《いつく》しみを示し、時間を忘れて没頭する性癖《せいへき》があった。その他のことにはあまりに無頓着で、それがたとえ余人《よじん》にとって価値あるものだったとしても、自身の琴線《きんせん》に触れなければ道端の石ころほどの認識しか覚えることができない、俗にいう変人、よく言えば研究者の気質を有《ゆう》していた。

日本びいきの父にすら、「あれは変わり者で……」と客人に紹介されるほどで、母には「そんなに恵まれた容姿に生んでやったのに」と嘆かれるくらいには、女性にも興味がなかった。

アレックスの憂いを含んだ美貌に多くの女性はときめきを覚える。やや面長《おもなが》で、秀でた額と繊細な鼻筋と、どこか物悲しげな深い青い瞳は、彼を物憂《ものう》げに、慎み深い青年にみせ、薄く品のある唇《くちびる》は、哲学的でロマンティックな愛の言葉を、優しい雨粒のように絶え間なくこぼすかのように思われた。英国貴族の母の血を引く彼の気高い容貌は、多くの人に彼は英国紳士ではないかという印象を与えたし、フランス人の父から受け継いだ奔放《ほんぽう》な率直さが、一見彼を親しみやすい青年にも思わせた。

だが、アレックスは実際には人々の抱く先入観とはまるで違う人間である。成り行きで交際を始めたとしても、ほぼすべてがアレックスの大胆な無関心の表明により、早々に終《しゅう》焉《えん》を迎えた。それゆえに、彼の本能的な欲求は、後腐《あとくさ》れのない種類の女性たちによって鎮《しず》められていた。

自由な心を持ったアレックスは恋愛を始めとした人間関係にはまるで頓着しない。夢に向かって突き進むためには、むしろ人との付き合いなど邪魔だとさえ思っていた。ジョージなどはアレックスの無関心をからかって「お前が女に夢中になるのを見てみたい」と冗談を言うが、アレックス自身も同じことを思っていた。

（俺が夢中になる女など、この先現れるのだろうか？　俺が日本に向ける情熱と同じくらいの熱量を与えてくれる女が）

だが、アレックスはまだ見ぬその人に興味を抱きながらも、また強く恐れてもいた。これまで自分が夢中になって追い求めてきたものは、生きた存在ではなかった。けれど、その対象が人になってしまったとき、自分がどうなるのかわからず、不安なのだ。

アレックスは他人には無関心ながら、自分自身のことはなかなか正確に把握《はあく》していた。これまで自分が燃えるような恋をしたのは日本という国のみである。だから、その他に誰かを恋してしまえば、自分の世界の何もかもが変わってしまうようで、怖かった。

初めて性欲のきざしを覚えたのは、平仮名《ひらがな》を見たときだと告白すれば、やはり人はアレックスを変人、変態扱《あつか》いするだろう。だが、あんなにも美しいまろみのある曲線で形作られた優しい文字は、どんな生身の女よりもアレックスを魅了したのだ。

日本語の多岐にわたる表現、味わい、旨味《うまみ》、なぜそれらを周りの人々は理解しようとしないのか。そのことの方が、日本ぐるいの青年には不思議であった。

昼食をとってしばらくすると、船は横浜の港に到着した。広い太平洋を横断する長い旅路だった。手続きを終え波止場《はとば》に降りたつと、一人の兵士が敬礼して二人を出迎えた。

彼はアレックスとジョージを、お疲れでしょうとまず宿泊先へ案内しようとしたが、アレックスはホテルでくつろぐ前に、もっとこの国を見たいと思った。せっかく日本に来た最初の日だというのに、目の前には連合軍の関係者ばかりが行き来しており、日本人の姿などどこにも見当たらないのだ。

「ここは日本なのに、日本人がどこにもいませんね」

「ええ。横浜港を含めた市街地は我々の接収《せっしゅう》している地帯ですから、日本人は特別許可されたものでなければ入れません。彼らの居住区と、我々のいる場所とは、フェンスで隔てられているのです」

「そのフェンスの向こうへ行くことはできますか」

アレックスの問いかけに、歳若い兵士は目を丸くした。港に降りたったばかりの人間に、これまでそんな要求をされたことなどなかったのだろう。

「それは、できますが……外にあるのは、ただの焼け野原とバラックくらいですよ」

「ええ。それが見てみたいんです」

「すみませんねえ。こいつは本当に物好きな奴で……」

困惑気味の兵士に、ジョージがおどけてみせる。

通訳官として来日した青年の風変わりな希望のために、出迎えの兵士はジープに二人を乗せ、接収地帯の外へ向かった。

その光景に、アレックスはショックを受けた。戦後一年が過ぎても、まるでひと月前に空襲を受けたかのような、まったく復興の進んでいない荒れ果てた土地。完全なる荒廃。

アレックスの心は血を舐《な》めたように何とも言えぬ錆びついたざわつきを覚えた。

まだ占領軍の接収が解けていないために、復興に手をつけられていないのだろう。それにしても、生々しかった。本土を攻撃されることのなかった母国と、敗戦国であるこの地の無惨な有様《ありさま》の差異を目《ま》の当たりにし、アレックスの表情はますます憂いを色濃くした。

（以前父の見せてくれた横浜の写真とはまるで違う……赤煉瓦《れんが》の西欧風の建築物と日本の建築が共存し、通りをゆく人々は和装と洋装の間をとったような不思議に魅力的な格好で、俥夫《しゃふ》の引く人力車と自動車がまた同時に存在し……そんなものは空襲と砲撃《ほうげき》ですべて消し飛んでしまったのだな……）

アレックスの父の恩師は、日本が招いた『お雇い外国人』の一人だった。その際に持ち帰られた写真の数々を父から見せてもらい、アレックスは日本への憧憬をまた新たにしたものだ。

けれど今、その美しい風景はここにはない。アレックスはただ率直に、その喪失を悲しんだ。

アレックスは兵士に少し歩いてみたいと頼んだ。停車したジープの周りには子どもたちが群がり、食べ物をねだっている。

トタン屋根と粗末な木材でできた、今にも崩れそうなバラックが建ち並ぶ合間《あいま》を進んでいると、ふいに、後ろから誰かがぶつかってきた。そしてそのまま駆け抜けていこうとするのを、アレックスは咄嗟《とっさ》に捕まえる。

「あっ、離せ、離せよ!」

見ると、まだ幼い子どもだ。あまりに小さくか弱すぎて、少し強く摑《つか》めば壊れてしまいそうに思えるほど細い。恐らく、六、七歳くらいだろうか。この年頃だとまだ赤ん坊の丸々とした体つきを残していそうなものだが、食料不足のためか非常に痩《や》せている。最初はその華奢《きゃしゃ》な体つきから女の子かと思ったが、服装や雰囲気からして、おそらく男の子だろう。

その手には、しっかりとアレックスの財布が握られている。まだ頭が重く転んでばかりの年齢だろうに、コートの内ポケットに入っていたものをよくも一瞬で、とアレックスは内心舌を巻いた。これは幾度も繰り返している常習犯に違いない。

『アレックス！　一体どうした』

離せ離せと騒ぐ子どもの声を聞きつけて、ジョージが駆けつけてくる。

『こいつ、スリか』

『どうやらそのようだ』

『さっそくの洗礼だな。お前が初恋の国に当てられてぼけっとしているからだぜ』

長身のアレックスに捕まえられて、子どもは必死で足をばたつかせている。ジョージが何かぼやいているが、アレックスはろくに耳を傾けず、ただその子どもから目を離せずにいた。磁石に吸いつけられるように、視線を逸《そ》らすことができなかった。

ツィゴイネルワイゼンが高々と鳴り響いていた。管弦楽《かんげんがく》を背景に、ヴァイオリンの劇的な音色《ねいろ》が頭の中に反響する。胸に錐《きり》を突き通されたような鋭い痛みが走り、青年は言葉を失っていた。

薄汚れている。だが、はっとするほど美しい少年だ。美しい、という表現が合うのかどうかはわからない。だが、それが最初にアレックスの頭に浮かんだ形容詞だった。

これまでアメリカでも多くの日系人や中国人を見てきたし、アジア系の顔が珍しいわけではない。けれど、この少年は、切れ長の目と、小さな鼻と小さな口と、典型的な日本人の子どもの顔なのにもかかわらず、どこにもない、際立った容貌のように思えた。

象牙《ぞうげ》色の滑らかな肌に、寒さのために林檎《りんご》のように赤くなった丸い頬。目鼻立ちは人形のように整っていて、これ以上ないほどに端整だ。男の子は成長するにつれて顔形の変貌《へんぼう》が著《いちじる》しい場合もあるが、もしもこのまま長《ちょう》じれば、水の滴《したた》るような、何とも美しい青年になるだろうと思われた。

それに、声も愛らしい。ヴァイオリンのピチカートのように潑剌《はつらつ》として、しかし響きの名残に奥行きがある。まだか細いE線の音だ。だが弾いているのは名手《めいしゅ》である。

ああ、もっとその声を聞かせて欲しい、とアレックスは激しく願った。人の声にこんな気持ちを抱いたのは初めてのことだ。日本文化への憧れと同様に、幼い頃から毎日のように聞いていた西洋の古典音楽はアレックスの血肉となっている。その音楽を超える麗しい響きの肉声を持つ子どもに、日本で出会ってしまうとは！

「どうしてこんなことをしたのです」

アレックスが心の動揺を努めて抑《おさ》え、流暢《りゅうちょう》な日本語で問うと、子どもは目を丸くして、暴れるのをやめた。そして、自分を捕らえている人物を上から下まで眺めて、外国人だと再確認すると、さらに驚きを色濃くしたようだった。

「おじさん、日本語が喋れるの」

おじさん、という言葉に、二十四歳の青年は少なからず傷ついた。だがアジア人はひどく若く見えることから、この子どもにしてみれば自分は『おじさん』なのだろう、とアレックスは気持ちを紛らわす。

何よりも、子どもの素敵な、まるで天使のような声を聞けることに心は酩酊《めいてい》していたのだ。ストラディヴァリウス——世にも妙《たえ》なる音だ！

「私の質問に答えなさい。なぜ、こんなことをしたのですか」

「だって……」

子どもはどうしたらいいのかわからないように目を伏せた。

「そうしないと、ご飯が食べられない」

「ご飯？」

「ちゃんと働かないと、ご飯がもらえないんだ」

「働くとは、スリのことですか」

アレックスは矢継《やつ》ぎ早《ばや》に質問しながら、少年をつぶさに観察した。

あちこちに穴の開いた粗末な服だ。真冬だというのに素足に下駄《げた》をはいていて、小さなかかとはあかぎれで無惨《むざん》にひび割れている。どてらのようなものを羽織《はお》ってはいるが、それもあちこちが破れて綿が飛び出している。到底この格好では満足な暖かさなど得られそうにない。

「スリ、とか、色々……」

「こんなことをずっと続けているのですね。食事は、配給があるのではないのですか」

「そんなものだけ食べてたって、全然足りないよ。とにかく、親分にご飯をもらわなくっちゃ、腹がへって死んじゃうんだよ」

「親分？　君の親はどうしているのです」

「わからない。多分、空襲で死んじゃった」

わからない、とは曖昧《あいまい》な言い方をする。逃げている最中にはぐれてしまったのだろうか。そして『親分』などという頭目に従っているとなると、恐らく孤児を集めた組織があるのに違いない。

親を失った子どもができることなど限られている。誰かに親代わりになってもらい面倒をみてもらうか、物乞いをするか。この少年は、生きていくために、盗みをする集団に入る選択をしたのだ。

「君の名前は？」

「それも……わからない。皆は、四郎《しろう》って呼ぶ。上から四番めの歳だから……本当は、歳も適当なんだけど」

「自分の名を、年齢を、忘れてしまったのですか」

子どもは怯《おび》えた顔をして、頷《うなず》いた。

(何ということだ)

この少年は、空襲以前のことを覚えていないらしい。恐怖と混乱で、記憶を失ってしまったのだろうか。それが一時的なものか、それとも一生のものかはわからない。

大戦に従事した兵士の中には、その悲惨な体験のために心に深い傷を負い、国に帰っても後遺症に苦しめられる者が多くいる。この少年も、きっと記憶を留《とど》めていられないほどの経験をしたために、自分の名前すらも忘れてしまったのだろう。もしかすると、それは親に関することなのかもしれない。

少年は涙目になって、アレックスをじっと見上げた。

「ねえ、許してよ。離して」

懇願《こんがん》する少年の憐《あわ》れさに、痛ましさを覚えると同時に、場違いにも、アレックスは昔読んだ源氏物語の一説を思い出していた。

まだ若い源氏が療養に訪れた先で垣間《かいま》みた、一人の幼い少女。彼はその少女に一目惚れをし——正確には、その少女の顔の造作に愛しい人の面影をみて、彼女を手に入れたいばかりに、後に半ば無理矢理連れ去ってしまうのである。

(この少年は、生まれたばかりの赤子同然だ)

美しい容貌と、利発な目を持っている赤子。親を忘れ、己《おのれ》を忘れ、右も左もわからぬままに、命令に従って生きている。その無垢《むく》な心を、思うように染め上げられたとしたら、どんなにか素晴らしいことだろう。

アレックスのいつもの病気が始まった。ただ、人に関する夢想は初めてだった。こうなった彼を世界中の誰にも止めることはできない。

憧れの国で、初めて触れ合った日本人の美しい子ども。しかも、今日はクリスマスなのだ。そして、アレックスのバースデーだ。彼が神からのギフトでないと、どうして断言できよう。

そうだ。自分は彼をずっと探していたのだ。彼に出会うために日本語を学び、必死で日本へやって来たのだ。そしてきっと自分のために、彼は、過去を忘れてくれたのだ。

もしも親の記憶が残っていて自分の足でしっかり立てるのなら、突然現れた外国人に対して警戒心しか持たぬはずだ。ところがこの子どもは、これまでのことも、自分の名前すら忘れているのである。そのことと、アレックスのこの初めての衝動が、無関係であるなどと到底思われない。彼は生まれ変わった。赤子のような心で、アレックスのものになるために——。

彼は美しく生い立つだろう。愛らしい姿も、声も、すべてが無双《むそう》のものとなるだろう。アレックスは自分と様々な言語で語り合えるよう、英語もフランス語も少年に学ばせるだろう。文学を解することのできる、優しく柔らかで、ロマンティックな心を育てよう。そして、その声に似たヴァイオリンを習わせるのだ。毎晩目の前で弾かせ、それを肴《さかな》に美味《うま》いワインを飲もう。そして、訓練させたダンスを共に踊る。女性の踊り方を学ばせ、アレックスと二人きりで蝶のように舞い踊ることのできるように——。

そんな少年を傍《かたわ》らに置き、絶えず愛でられたとしたら、どんなに素晴らしい夢幻郷《むげんきょう》となることか。いつかアレックスは、青い果実から蜜を満々《まんまん》とたくわえた豊潤な実に育った少年を味わうのだろう。丁寧に、丹念《たんねん》に育て、美しく育った花を摘《つ》み取るのだ。この子の未来は、自分の手に委《ゆだ》ねられている。薔薇《ばら》色の未来だ。彼を幸福にすることで、また自分も幸福を手に入れる。自分は、彼の光源氏となる——神となる。

少年は自分にそうされるために、こうして現れたのである。その証拠に、彼の上には天使の祝福が見えるではないか。神々《こうごう》しい光が自分たちを押し包んでいるではないか。

見える。すべてが見える。この先の輝かしい、甘い未来が、かぐわしい花々に囲まれた楽園が見える。どんなに技巧《ぎこう》を尽くして描いたとしても描ききれない、美しい世界が見える。

——これは、運命なのだ！

一度そんな風に想像してしまえば、もはやそうとしか思われないようになってきた。日本文学を読み耽《ふけ》ってはいても、仏教にかぶれているというわけではなかったはずなのに、このとき、アレックスは前世の縁《えにし》を信じた。まさしく、そうとしか言いようのない心持ちだったのだ。

アレックスは、すでに決心してしまった。そしてこうと決めた彼を、誰も改心させることはできない。

『アレックス。もうお喋《しゃべ》りはいいだろう』

ジョージが呆れたように友人の背を叩いた。

『さっさとそいつを警察に突き出そうぜ』

『いや、そんなことはしない』

即答だった。ジョージは目を丸くして、なぜだと訝《いぶか》った。

『この子を連れていく』

『連れていく? 警察に、じゃなくてか』

『違う。この子を、俺の子どもにする』

さすがのジョージも、しばらく開いた口が塞《ふさ》がらず、まじまじと風変わりな友人を観察した。

『おいおい……、とうとう本格的にいかれちまったのか?』

『俺は本気だ』

『いやいや、俺たちは連合軍の通訳官として来ているんだぞ。そんな犬や猫みたいにガキを拾ってどうするんだ。許されるはずがない』

『どうとでもするさ。この子と一緒にいるために、俺はできることは何でもする』

子どもの一人くらい、何とかなるだろうという気持ちがあった。どうせ兵士の多くはここで女を作っているのだ。女も子どもも大差はない、とアレックスは考えた。もしも断固拒絶されたとしても、アレックスには他の考えがあった。

二人の青年の英語でのやり取りを心細げな顔で見守っていた少年に、アレックスは慈《いつく》しむような眼差しを向ける。

「君、私と一緒に来なさい」

「ど、どこに連れていくの」

「私が君の親になろう」

子どもは呆気《あっけ》にとられ、言葉を失っている。

アレックスは子どもの気持ちを和《なご》ませようと、精一杯の優しい声音で語りかけた。困惑している様子も、たまらなく可愛い。抱き締めて思う様頬ずりしたい欲望を、渾身《こんしん》の力でこらえた。

「君はもうスリをしなくてもご飯を食べられるし、立派な服も着ることができる。暖かいベッドで眠ることができるんだ」

「ど、どうして、そんな……」

「君を気に入ったからだ」

「僕を……？」

「そうだ」

アレックスは自分の夢想に向かって突き進んでいく。それ以外の道など見えない。ここでこの子どもを手放すことなどあり得ないし、逃げようとすれば縛り上げてでも連れていくつもりである。彼はすでに自分のものだという意志に逆らうことなど許されない。

「君は自分に関するすべてを忘れてしまっている。親も覚えていない。一人っきりだ。そして、私も親を失った。私たちは、同じなんだよ」

子どもはアレックスの必死さにかえって戸惑いの色を濃くして、この奇妙な外国人をじっと見上げている。

「私は、君の新しい家族になりたいのだ」

「家族……」

「そう、家族。一緒に生きていくべき誰かは、人生に絶対に必要なものだよ。私は君に、私の家族になって欲しい」

外国人の家族を持つなど、まるで想像もできないのだろう。少年は難しい顔をして考え込み、そしてはっと思い出したように顔を上げた。

「だ、だめだよ。僕……親分や仲間たちがいるんだもの。帰らなくっちゃ」

「彼らは君にこんなことをさせているじゃないか。そうしないと、食べるものもくれないのだろう？　君は、盗みが悪いことだというのも忘れてしまったのか？」

少年は唇を嚙んで、小さくかぶりを振る。彼も、自ら望んでこんなことをしているわけではないのだ。だが、自分の居場所を作るために、必死だったのだろう。他に自分の面倒をみてくれる者などいないし、気にかけてくれる家族もいない。生き抜くために、痛ましい努力を続けてきただけなのだ。

それにしても、どんな表情をしても美しい少年だ。震える長い睫毛の落とす影と、頼りなげな目つきが、いかにも可憐《かれん》で愛くるしい。この子を守らなければという庇護《ひご》欲《よく》を起こさせる。そう思うのは、アレックスがとうにこの子どもに魂《たましい》まで魅《み》せられて虜《とりこ》になっているからだろうか。

こんな綺麗な顔をした子どもを、盗みなどをする組織がそのままにしておくはずはない。いずれこの姿を売り物にした仕事に従事させられてしまうだろう。アレックスはその様を想像しただけで、まだ少年が何かされたというわけでもないのに、はらわたの煮えくり返るような思いがした。ますます、こんな場所に残してはいけない。

「私ならば、君には何も要求しない。ただ私の家族として扱うだけだ。君は私といるだけでいい。何も嫌なことをする必要はないんだ」

「ほ、本当に……？」

「ああ。私が君に、何でも教えてやろう。十分な教育と、気持ちのよい環境を与えてやろう。君を立派な大人に育てるために」

こんこんと言い聞かせると、少年は俯《うつむ》いて黙り込んだ。彼がアレックスの言葉に納得した様子はなかった。だが、やはり食事や服や安心できる寝床の魅惑は相当なものだったようで、アレックスが彼の手を掴んだまま歩き出すと、逆らわず、そのまま大人しくついてきた。その従順《じゅうじゅん》で柔らかな手の感触が、アレックスの心を甘く震わせる。

『おい……、本当に連れていく気か』

『ああ。もしもすぐに共に暮らすことが難しければ、ひとまず知人に預ける。軍の仕事の後、彼の会社で通訳を務めることになっているんだ』

滑らかに喋《しゃべ》るアレックスの平然とした態度に、ジョージは深いため息を落とした。

ジープに戻ると、子どもたちに菓子をばらまきようやく開放された兵士が、アレックスと少年を見て驚いた。

『その子はどうしたのですか』

『この子は連れていきます。車を出してください』

アレックスの唐突な主張に兵士は目を白黒させ、助けを求めるようにジョージを見るが、ジョージは肩をすくめて首を横に振るだけだ。

『し、しかし……』

『大丈夫です。責任はすべて私が負います』

アレックスの強い口調に押されるように、兵士は困惑したまま頷いた。

ジープに少年が外国人と共に乗り込んだのを見て、その様子を遠巻きに眺めていた数人の子どもたちがざわめきだす。警察にでも連れていかれると思ったのだろうか。もちろん、それ以外の理由など思いつくはずもない。

「この、鬼畜米英《きちくべいえい》！　四郎を離せ！」

ジープの後ろから子どもたちが徒党《ととう》を組んで追いかけてくる。中には石を投げる者もいる。兵士は狼狽《うろた》えるが、アレックスは彼らには何の興味もなかった。

『行ってください』

静かな声で運転手に告げると、傍らの子どもを手放すまいとするように、固く胸に抱き寄せた。子どもは素直に、されるがままになっている。アレックスの心は喜びに燃え上がった。彼は今、たとえようもなく素晴らしい宝を手にしたような気持ちでいる。

「ジープに乗ったのは初めてかい」

「うん、初めて。すごいね。高いところに浮いて走ってるみたい」

少年は、男の子らしくジープに乗れたことに興奮しているらしい。その無邪気な反応が可愛らしく、すでに先ほどの不安や恐怖を忘れている子どもの順応性が、愛おしかった。アレックスの胸には、すでにこれから始まるこの子どもとの生活が描かれ、どうやって育てていこうかという計画に、早くも没頭しかけている。

子どもを抱き締めていると、温かな体温が青年をたとえようもなく幸福な心地にする。その体が少し寒そうに震えているのを見て、アレックスは子どもを自分のコートの中に、母鳥が雛を翼のうちに押し包むように、優しく包んでやった。痩せて小さな体は、いとも容易《たやす》く懐《ふところ》に収まる。その痛ましいほどのか細さに、まずはこの子に十二分の栄養を与え、太らせてやらなくてはという考えが浮かんだ。

　心臓と心臓の距離が近くなり、アレックスは子どもの鼓動が高鳴っているのを感じる。それはまるで母親の胎内にいるときのように安らかで穏やかな心地にさせる、不思議なリズムだ。命を手に入れるとはこういうことなのだ、と、アレックスはまさしく自身の子を得たような気分になっている。

　そのとき丁度、ちらちらと白いものが落ちてきた。

『おや……雪だな』

『そうだ。今日はクリスマスだぜ』

　突然思い出したかのように、ジョージが陽気に騒ぎだし、兵士に話しかける。

『日本じゃ、クリスマスは祝うものなのかい』

『ええ。西洋の文化を取り入れるようになって、日本人もこの日を楽しんだと聞いていますよ。クリスマスのあたりには、玩具は関税を払わないでよいという決まりもあったとか。まあ、戦時中は、もちろんそんなことはなかったでしょうが』

『ふうん。ま、今もそれどころじゃないだろうがねえ。こんな状態になっちゃあ……東京だってひどいもんなんだろう？』

『そうですね。まだまだ復興には時間がかかりそうですし』

『日本が以前の地位を取り戻すまでには、あと五十年……いや、百年はかかるんじゃない

のか』

二人の会話をうっすらと聞きながら、アレックスは腕の中の子どもの髪を優しく撫《な》で、さて、この子の名前はどうしようと思いを巡らせている。もちろん、四郎などという名前をそのまま名乗らせるつもりはない。まさか、紫の上、などと名付けるわけにもいかない。今日、自分との出会いによって、彼は新たに誕生したのだ。それを、何と言い表そう。

『ノエル……』

ふと、アレックスの口からその言葉が自然と滑《すべ》り落ちた。

ノエル——フランス語でクリスマスの意味だ。語源はラテン語の『誕生』。まさしく、今日生まれた彼に相応《ふさわ》しい名ではないか。

「君の名は、今日からノエルだ」

子どもはアレックスを見上げ、夜よりも黒い瞳を輝かせている。それは、神様を見るような目つきだ。事実、アレックスは今日から彼の父であり、庇護者であり、神になったのだ。名を与え、新しい生を与えたのだから。

子どもも、ジープに揺られながら、感じているはずだった。今、新たな自分がここに生まれたことを。

突然現れたアレックスというアメリカ人の許《もと》で、新たな生活を始めるのだということを。

ノエル

自分の名前を呼ばれたような気がして、ノエルは幸福な微睡《まどろ》みから目覚めた。

アレックスが帰ってきたのだろうか。今日は東京の出版社で打合せがあるというので、ノエルは久しぶりに主人のいない館で一日を過ごしていた。

とはいっても、何もしていなかったわけではない。今日の午前中は数学と物理の家庭教師が来て、午後は社交ダンスとヴァイオリンのレッスンだったのだ。すべてをこなして、一休みにビスケットを食べ、ブランデーを垂らした香りのよい紅茶を飲んでいたら、何だか眠くなってきて、誘われるようにベッドに突っ伏してしまっていた。

その短いうたた寝の合間に、幸せな思い出を夢にみた。それは、アレックスとの出会いの日のことだ。それが丁度クリスマスだったため、アレックスは自分にフランス語で聖誕《せいたん》祭《さい》を意味する『ノエル』と名付けた。

もう十年も前になるが、ノエルは忘れたことはない。あの日のことだけではなく、アレックスと出会ってからの日々を、一日とて記憶を曖昧にしたことはないのだ。

窓の外には美しい赤や黄に染まりかけた庭の木々が見える。もうすぐ、冬がくる。ノエルとアレックスの誕生日が——そして、アレックスと出会ったあの日が、巡ってくる。ノエルが自分に関するすべての記憶をなくしてしまった空襲の日、少年の思い出は、あの平凡な街並を焼く火と共に、煙になってしまった。

(今の僕は、間違いなく、アレックスと出会ってからの日々によって形作られ、そして僕はそのことにこの上なく満足している。それ以前の記憶なんて、僕には不要のものだ)

すべてをなくしたあの日、ノエルは呆然《ぼうぜん》としながら、焼け野原となった街を歩いていた。何もわからず、知っている人も見当たらず、まるで突然、見知らぬ土地に放り込まれてしまったかのように混乱していた。

どこへ行ったらいいのかもまったく見当がつかずに、数日間、ただあてどもなく放浪していた。そのうちに空腹で一歩も歩けなくなり、泣きながら瓦礫《がれき》の側にうずくまっていたら、あの集団の仲間の一人に声をかけられたのだ。「何でもするなら、飯を食わせてやる」と誘われて。

当時、親を失ったいわゆる戦災孤児は十二万人以上いた。戦後の日本は身寄りのない子どもたちで溢《あふ》れていたのだ。餓《が》死《し》する子どもも多かった。配給される食べ物はあまりにも少なく、それだけでは栄養失調になって死んでしまう。

四郎と呼ばれて盗みの集団の中に紛《まぎ》れていたノエルは、与えられた仕事をただ一心不乱《いっしんふらん》にこなしていた。腰の曲がった老婆が大切そうに抱えている風呂敷包みを奪えと言われればそうしたし、子どもを捜している様子の夫婦の前に行って泣け、演技をしろ、と言われればそうした。その夫婦が自分が騙《だま》したために後でひどい目にあうことがわかっていても、仕方ないと諦めていた。

いかにも怖そうな顔をした「親分」に逆らったらすぐにでも自分は追い出されてしまうだろうし、それどころか、裏切った奴は殺されて肉にされて外国に売られてしまう、という仲間内で囁《ささや》かれていた噂《うわさ》のように、命すらとられてしまうかもしれなかった。

（もしもあの日、アレックスにスリを働いていなかったら、僕は今頃どうなっていたんだろうか）

ノエルは、ときどきそんなことを考える。きっとあの後もあの集団で働き続け、今では立派な悪党になっていたことだろう。いや、まともに生きていられたかどうかもわからない。

何しろ、あのときノエルはまだ六歳ほどの子どもだったのだ。年齢は自分でも覚えていなかったのだけれど、アレックスが自分を医者に見せ、大体の年齢を教えてくれた。

アレックスはあれから間もなくここ葉山《はやま》の邸宅を買い取って、数人の使用人を雇い入れ、ノエルを連れていくときに言った言葉の通り、ここで十分な教育と、食事と、暖かな寝床を与えてくれたのだった。

ノエルも、最初からアレックスとの生活に順応できていたわけではない。突然与えられた天国のような日々に幻惑され浮かれていても、夜になると無性《むしょう》に寂しくなって、アレックスに気づかれないよう、秘かに泣いたりもしていた。

しかしそれは毎晩のことなので、彼にはすぐにばれてしまった。

「寂しいのか。もしかすると、母親のことを思い出したんじゃないか」

と、何度聞かれたかわからない。

アレックスは、過剰《かじょう》にノエルの記憶が戻ることを恐れていた。思い出したが最後、ノエルが彼の許を去ってしまうのではないかという不安があったようだ。それも強烈な、病にも思えるほどの神経質さで、ノエルが少しでも記憶が戻ったかのような素振《そぶ》りをみせると、彼はほとんど半狂乱になってノエルを問いただした。

あるとき、毎日洋食を好んで食べているアレックスが、珍しく和食を所望《しょもう》したことがあった。かつおの出汁を含んだ、ふんわりとした優しい味の卵焼きを食べ、ノエルは「美味《おい》しい。なんだか懐かしい味がする」と言ったのだ。

それは何気《なにげ》ない言葉だったのだけれど、アレックスはノエルが過去を思い出したのではないかと思い込んだ。

「ノエル。記憶が戻っているのなら、はっきりとそう言いなさい。私は何もお前をここに縛りつけたいわけではないよ。ここにいることが突然嫌になってある日逃げ出されるくらいなら、行きたい場所や会いたい人がいるのならそれを叶《かな》えてあげるから」

アレックスはノエルに自由があるのだと言い聞かせているようだったけれど、その表情はどう見ても何かに恐怖しているそれだった。

(アレックスは、僕に記憶が戻ることを何よりも怖がっているんだ。僕がいなくなってしまうんじゃないかと不安なんだ)

そのことを確信してからは、ノエルは不用意にアレックスを心配させるようなことを言わなくなった。「懐かしい」「見たような気がする」「食べたことがある気がする」「何かに似ている」などという、過去の体験と照らし合わせるような言葉は禁句となった。

そこまでしなければならないと幼かったノエルが感じるほどに、アレックスはノエルの記憶に神経を尖《とが》らせていたのである。

ひとたび疑念を覚えれば、それを払拭《ふっしょく》するまでにゆうに一週間はかかった。不安が消えるまでのアレックスはまるで影法師のようにノエルの後をついて回る。一日中見張られているような気がして、それはノエル自身をも不安にさせた。まるでノエルが煙のように消えてしまうのではないかと思い込んでいるようで、その間、ノエルは自分はここにいるのだ、アレックスの側が心地いいのだ、ということを懸命に強調しなければならなかった。

ふいに、自室のドアがノックされた。

「坊っちゃま。アレックス様がお戻りになりましたよ」

と告げる使用人の声に、ノエルは回想から醒《さ》めた。慌てて天蓋《てんがい》付きの柔らかなベッドから飛び起き、部屋を出て玄関へ向かって転げるように駆けていった。

この葉山の邸宅は大正時代に元伯爵が別荘用にこしらえたというもので、外観は立派な西洋建築で玄関や応接間、食堂など、各部屋も上質な西洋風の造りであるのにもかかわらず、折り上げ格子天井であったり、障子であったり、和紙を使った照明であったりと、そこかしこに和の風合いが見てとれ、その点がアレックスの気に入ったのだ。

階段を下りる途中で、丁度コートを執事《しつじ》に預けるアレックスの姿が見えた。モスグリーンの背広に包まれた優美な体格、後ろへ撫でつけられたいつもは下ろしている月の光のような金髪と、青ざめて見えるほどの白皙《はくせき》の横顔を目にして、ノエルは無性に嬉しくなって声を上げた。

「ボンソワ、アレックス！」

アレックスが顔を上げてこちらを見る。その憂いを帯びた、いつも物悲しげに見える蒼《あお》い瞳に、ノエルは再び夢のような幸福を嚙み締める。

アレクサンダー・レイモンド。ノエルの恩人であり、父であり、そして神様といえる美しい人だ。

「ボンソワ、ノエル。いい夢でも見ていたのかな？」

「え、どうしてわかるの？」

「頰に枕のあとがついているよ。それに、ノエルはいいことがあった後、日本語で『おかえり』と言わずに、フランス語を使うからね」

自分にそんな癖《くせ》があっただなんて、気づかなかった。ノエルは照れ臭さに少し頰を赤らめる。アレックスはそんなノエルを抱き締め、背を屈《かが》めて、優しく頰にただいまのキスをした。アレックスの甘やかな香水の匂いを嗅《か》ぎ、ノエルはうっとりとその口づけを受ける。

「ノエルはまだ小さいな。もうすぐ十六になるというのに、まだほんの子どものようだ」

「アレックスが大きすぎるんだよ。使用人たちを見て。僕は全然小さくなんかない」

ときおりアレックスは外国人の友人をここに連れてくるが、その誰よりもアレックスは背が高い。ノエルは学校へは行かずにずっと屋敷の中で家庭教師に勉強を教わってきたので、同年代の少年たちの体つきなどはよくわからないが、ここに勤めている人々を見ていても、自分が特別小さいとは思われなかった。最後に身長を測ったとき、ノエルは一五五センチだった。アレックスはノエルよりも恐らく三十センチは高いので、ひどく小さく見えてしまうのだろう。

「ノエル、今日は素敵なお土産があるんだよ」

「え、何？　お菓子か何か？」

「違うよ、食いしん坊さん。もちろん、美味しいものも買ってきたけれどね」

アレックスは愉快げに笑った。機嫌がいいのがよくわかる表情だ。

「ご覧《らん》。今日はこんなものをもらってしまった」

使用人が運んできたガラス張りの箱の中を覗《のぞ》き込んで、ノエルは感嘆《かんたん》の声を上げた。

それは、草花の模様も鮮やかな赤い着物を着た、見事な市松人形《いちまつにんぎょう》だ。そのつぶらな黒い瞳といい、ふっくらとした丸い頬といい、何とも愛らしい童女の人形である。

「アレックス、これはどうしたの」

「何でも、今日会ってきた担当者の親戚が私のファンだそうでね。彼は大変な日本人形の蒐集家で、ぜひ私に渡してくれと、これを下さったそうだ」

「すごい。アレックス、ファンなんているの」

「こら、驚くところはそこなのか。これでも日本文学を翻訳する仕事を続けているのだから、少しは日本文化を紹介するのに貢献《こうけん》している自負はあるんだがなあ」

「知ってる。冗談だよ。いつもたくさんの贈り物をもらっているものね」

ノエルは悪戯《いたずら》っぽく笑った。

「なかでも、女性ファンからのプレゼントやファンレターが多いんでしょう？　曙《あけぼの》新聞の人に聞いたよ。コラムを連載するときにアレックスの顔写真を載せるようになってから、いきなり貢《みつ》ぎ物が増えた、って」

「ああ……ノエル。やっぱりお前を出版社や新聞社の人間に会わせることは今後控えた方がいいな。そんな俗っぽい話をお前に聞かせたくはないよ」

「どうして。アレックスの仕事ぶりが聞けるのを僕は楽しみにしているのに」

ノエルがわざと無邪気そうな口ぶりで言うと、「私の可愛いノエル」とアレックスは一層強く抱き寄せて、額にキスをする。

アレックスが自分をなるべく外の世界に触れさせずに、思うままに育てようとしていることを、ノエルは知っていた。そして、ノエルが幼く、無垢な振る舞いをすることを好むことも、把握していた。

けれど、そのことに不快感などなく、むしろ進んでノエルはアレックスの望む自分であろうとした。なぜなら、彼はノエルの神様なのだから。

アレックスに拾われてから、ノエルの日々は劇的に変わった。役目をこなせずに一日何も食べられず、空腹に苦しみながらすきま風の吹く小屋で夜を明かしたこともあった惨めな毎日が、突然、湯気のたつ美味しいスープとパン、ベーコンやスクランブルエッグ、穴の開いていない綺麗な洋服、そして世の中にこんなに心地よいものがあるのかと思うほどの素晴らしいベッドが当然のように用意される日常へと変貌したのだ。

そして、スリや詐欺《さぎ》などの代わりに、ノエルは様々なマナーや、勉強や、そして言語を学ばなくてはならなくなったが、それは彼にとって不思議と苦痛ではなく、乾いた大地が水を吸うように、自然とこなすべき日課となっていった。

縁もゆかりもない、初めて会った異国の人間の、しかもスリを働こうとした薄汚れた孤児だった自分を拾い、まるで本当の子どものように大切に扱い、慈しみ、すべてを与えてくれたアレックス。アレックス自身が信仰心の薄い人間であったので、ノエルにも強いて神を信じさせることはなかったけれども、与えられた聖書を読み終えたときには、自分にとっての神様はアレックスなのだと、ノエルは確信していた。

ノエルのアレックスへの思慕《しぼ》は突然湧《わ》き出たものではない。コップにひとしずくひとしずく滴っていった想いが、いつの間にか満々《まんまん》とたたえられ溢れ出て、いつの間にか自分の心がアレックスで満たされていることに気づいたのだ。

アレックスは箱の中の人形を眺めながら、ノエルに微笑みかける。

「愛らしい人形だ。この横顔の感じが、どことなく、昔のお前に似ているね」

「そう？　こんなに丸い顔をしていたの」

「子どもは皆そうだ。お前は痩せていたけれど、頰だけは子どもらしい丸みを持っていたよ。とても可愛かった。とても……」

「その頃に比べれば、僕は少しは大人になったでしょう？」

「確かに、写真などを見比べてみればお前は随分成長しているね」

アレックスは優しく微笑む。そしてじっと青い目を据えてノエルを観察する。

「昔は本当に愛らしい子どもだったけれど、今ではますます目鼻立ちも際立って、少年らしさが出てきた。手足もすんなりと若木のように伸びて、この年齢特有の美しさがあるね。

それにしても、まだまだ柔らかい線が残っているよ。女性の格好をしても恐らく誰も気づかないだろう」

「ひどいよ、アレックス。ああそうだ、襟足《えりあし》が伸びてきたから少し切りたいんだけれど」

「ふむ……そうだね」

アレックスはノエルのうなじを撫で、少し伸び気味になった髪をもてあそぶ。

「いっそ昔のように伸ばしてみてはどうかな？　この日本人形のように」

「嫌だよ……本当に女の子になっちゃうじゃないか」

ノエルはアレックスと話しているうちに、ふとあることを思い出す。昔、アレックスにこの人形と同じ格好をさせられたことがあったのだ。

まだこの館に連れてこられて間もなかった頃、仕事の時間以外はいつでもノエルにべったりで、共に眠り、入浴し、食事も手ずからノエルに食べさせるほどだった。

ノエルの髪は伸びっ放しになっていて、丁度この人形くらいの長さがあった。そうして、アレックスはたまたま手に入れた着物を、気まぐれにノエルに着せてみたのだ。面白がって、軽く白粉を塗ってみたり唇に紅を差したりと、少しだけ化粧もさせられた。

そのときの自分の姿を凝視するアレックスの目を、ノエルは生々しく思い起こすことができる。常に穏やかに優しく微笑んでいたはずの彼が、なんだかいつもと違ってみえて怖くなり、ノエルは逃げ出したくなった。すると、アレックスはノエルのその素振りに著しく興奮した様子で、着物を着て化粧をしたままのノエルを抱き締め、口を吸ったのだ。
ノエルは驚き、思わず身じろぎをした。すると、アレックスはハッと我に返ったように
ノエルを手放し、「すまない」と謝った。
これまで、頬や額にキスをされたことは幾度もあった。けれど、唇に、というのは初め
てのことだった。そのときはよくわからなかったけれど、長ずるにつれて、それが特別な
意味を持ったものだったことを知った。
接吻の後、アレックスは激しく後悔したようだった。彼が深く恥じいった様子であった
ので、それ以来ノエルもそのことを口にすることはなかったが、なぜかそのときの記憶は
強くノエルの脳裏に染みついている。
以来、アレックスはノエルに唇へのキスをしたことはない。
(アレックスはきっと、あのとき僕が女の子に見えてしまったんだろう。それで、思わず
口にキスをしたんだ)
出会ってから今まで、アレックスが恋人のような女性をここへ連れてきたことはない。
彼は翻訳家であり作家でもあるので、基本的にはいつでも家におり、ときどき打合せや接
待、友人との約束などで出かけてゆく程度だ。もしも恋人がいれば、その折に外で会って
いるのかもしれないが、ノエルにはそんな話もしなければ、存在を匂わせたこともなかっ
た。

（アレックスはこんなに綺麗なのだから、恋人を作ろうと思えばすぐに作れるはずなのに。たしか、今年で三十四歳になる。結婚して子どもがいてもおかしくない年齢だ）

もしかすると、自分の存在が、アレックスの結婚を妨げているのかもしれないと思ったこともある。そんなことを気にする程度には、ノエルも成長していた。

もう何も知らない子どもではない。外へ出なくても、アレックスの所蔵する膨大な数の書物から様々な世界やあらゆる考え方を知ることはできるし、使用人たちやアレックスの連れてくる友人や仕事関係の人々も、ノエルの世界を広げるのに役立っていた。

また、アレックスはノエルをまったく外に出さないというわけでもなく、ときどき旅行に連れていってくれる。東京や逗子《ずし》などの近郊はもちろん、京都や奈良、そしてヨーロッパを巡る長い旅にも伴わせてくれたことがある。

アレックスは自ら教師となってノエルに英語とフランス語を毎日熱心に教えてきたために、今ではノエルはどちらも自在に操《あやつ》ることができ、ヨーロッパの旅路でも苦労はしなかった。

旅行で異国の文化に触れたり様々なものを見たりすることは望ましいが、恐らく日常生活において自分の管轄外の場所で、ノエルが何らかの影響を受けることが嫌なのだろう。ノエルはアレックスのこの方針に反発を覚えたことはないが、少し寂しいと思う気持ちもある。

（僕は、頭の天辺《てっぺん》から爪先までアレックスのためにあるのに。アレックスの望まない僕になるはずがないのに。僕がどれほどアレックスを大切に思っているのか、わかっていないんだろうか）

信用されずに悲しいというよりも、自分の心をわかってくれていないことに、ノエルは僅《わず》かな不満を覚えるのだ。

『おーい、お二人さん。イチャつくのはいいが、誰か忘れちゃいませんかね』

ふいに、アレックスの後ろから声がした。ノエルが驚いてそちらを見ると、そこにはアレックスの昔からの友人であるジョージが困りきった笑みを浮かべて手持ち無沙汰《ぶさた》に突っ立っていたのだ。

アレックスは今思い出したという顔をして、小さく笑った。

『そういえばお前がいたな、ジョージ』

『お前なあ！　本当にひとつのことに夢中になると他をすっかり忘れやがる。お前の悪い癖だ！』

ジョージは四年前に日本人女性と結婚し、東京に住んでいる。貿易関係の仕事をしているので、日本にいないことも多いが、たまに暇ができるとこうして葉山まで遊びに来てくれるのだ。

『久しぶりだな、ノエル！　大きくなったなあ』

『ハイ、ジョージ。まだ半年も経っていませんよ。そんなに変わりましたか？』

ノエルは会話を英語に切り替える。ジョージも日本語に長《た》けてはいるが、アレックスとジョージは普段英語で会話しているので、そこに中途半端に日本語が混ざると、おかしなことになるからだ。

『ほら、アレックス。ジョージは僕を大きくなった、って言ってるじゃないか』

『前に比べたら、だろう？　きちんと食べさせているのに、ノエルは細すぎる。もっと食べさせなくっちゃいけないいな』

『おいおい、アレックス。フォアグラのガチョウみたいに無理矢理食わせるつもりじゃないだろうな。ノエルは太れないタチなんだよ。あんまり細い細い言うな。ノエルが俺みたいなガタイになったらお前だって嫌だろう？』

ジョージの極端な例えに、ノエルは笑った。よく冗談を言って人を笑わせることが好きなジョージがノエルは好きだ。アレックスの言では、よく尽くしてくれる妻がいるというのに、あちこちに恋人を作っているけしからん奴という話だけれど、こんなに楽しい思いをさせてくれるのなら、妻帯者と知っていても恋をしてしまう女性が多いのも仕方ないのではないだろうか、と思ってしまう。

ジョージは浅黒い頬に人好きのする笑みを浮かべて、ノエルの頭をくしゃくしゃに撫でた。

『それにしても、六歳でスリなんかやってたクソガキが、よくもここまで優秀に育ったもんだぜ。英語はまだしも、フランス語までぺらぺら喋るようになりやがって。アレックスはとびっきりのスパルタ先生だったんだろう？』

『そんなことはありません。アレックスはいつでも優しいですよ』

『へえ。まあ、こいつは気に入ったものにはとことん夢中になって入れこむたちだからな。その対象が人間になると、こうなるってことか』

ノエルの顔を矯《た》めつ眇《すが》めつ観察しながら、ジョージが感嘆のため息を漏《も》らす。

『大した美少年になりやがって……。レイモンド先生は大層可愛らしいお小姓《こしょう》さんと暮らしているらしいってのは、出版関係者の間じゃ有名らしいぞ』

『そんな……僕は、そんなんじゃ』

ノエルが頬を赤らめて恥ずかしがると、ジョージはわざといやらしい顔を作ってにやりと笑う。

『アレックスは美術品の目利《めき》きとしても優れているが、人間に対してもそれは有効だったらしいな。俺はあのとき、お前がこんな綺麗な子になるなんて考えられもしなかったぜ。ただの薄汚いガキだとしか思ってなかった。こりゃ、俺が拾っとくんだったなあ』

『君に拾われたら、ノエルはさぞかし好色な不良になっていただろうさ。この子の慎ましい美しさは俺が引き出したんだ』

『へいへい。今日も相変わらずのろけてくれるな、アレックス』

自分の容姿のことを言われると、ノエルはいつも赤くなってしまう。いつまでもそれに慣れることができないのは、癖のようなものだ。「美しい」と言われることに慣れていないわけではない。それこそ、アレックスが日々の生活の中で何回でも口にするので、むしろ当たり前のように受け止めてしまう。

ただ、アレックス以外の人に言われると、身の置きどころのないような、逃げ出してしまいたいような気持ちになる。なぜなら、ノエルは自分などよりもアレックスの方がずっと美しいと思っていて、隣にその美しい人がいるというのに、自分のことばかりをそんな風に形容されるのは、たまらなく恥ずかしいと思うからだ。

それなのに、誰もアレックスを褒めずにノエルばかりを褒めるのは、そう言えばアレックスが喜ぶと知っているからなのだろうか。ジョージなどの友人たちは、友人である彼をわざわざ褒める必要がないからなのだろうが、どうにもこそばゆい。

アレックスには、アメリカ人の友人よりも、日本人の友人の方が多いらしい。気質的に日本人の方が合うのだそうだ。

ジョージはノエルが知っているアレックスの友人の中では、かなり古い部類に入る人間だ。もっとも、アレックスはあまり人付き合いをしない性格なので、そう多くの友人がいるわけではないのだが。

アレックスが好きな相手は、ノエルも好きだ。無論、ジョージの人柄が好ましいこともあるけれど、アレックスが気に入っているというだけで、ノエルはその人をいい人と思い込んでしまうようなところがあった。

『お前がそんなんだから、いまだに独り身なんだぜ』

『大きなお世話だ。今は結婚のことなどまるで考えられないな』

『俺はお前のことなら大概《たいがい》把握しているつもりだったんだが、女の好みだけはわからない。美少年の目利きができるんだから、いい女もみつけられそうなものなのになあ』

ジョージがアレックスのことを心配しているのがわかって、ノエルは微笑ましい気持ちになる。たとえ本人が余計なお世話と思っていたとしても、主人を気遣《きづか》う人がいてくれることは、ノエルにとっての幸福だ。

『ジョージはアレックスのことをよく知っているんですね』

『そりゃそうだ。かれこれ……まあ、十五年くらいか？　そう考えると、ノエルとこいつの付き合いとそんなに変わらないのかな』

『僕とアレックスが出会ったあのとき、ジョージもあそこにいたんですものね。僕も覚えています』

『おっと。それじゃ、俺が警察に突き出せって言ったのも覚えてんのか？』

ジョージは首を竦めて、「さすがに決まり悪いなあ」とおどけた。

『そんな風に思うことはありません。それが普通の反応ですよ。アレックスがちょっと変わっていたのです』

あくまで客観的に述べるノエルがおかしかったのか、ジョージは大きな笑い声を上げて、アレックスに窘《たしな》められた。ノエルがこんな軽口を叩くのはジョージくらいだ。アレックス自身が気を許した相手でなければ、ノエルが自分から口を開くことはほとんどない。彼がそう望むからだ。

アレックスは客人たちに、ノエルを拾ったとは言わない。知人の子どもを預かったと説明している。数年前に永住権を取得してからノエルを正式な養子にしたが、二人の出会いを誰にも打ち明けたりはせず、それを知っているのはジョージだけだ。

ノエルのことをあまり話したがらないのにもかかわらず、アレックスはこの家では片ときも自分を側から離さないので、たとえ話に加わらないとしても、ノエルはその場にいなくてはならない。すでにそんな奇妙な決まりごとには慣れてしまったが、話題は自分以外のことである方が気が楽だった。

三人は庭の見えるサロンに移動し、夕食の前に軽くお茶を飲むことにした。ジョージはコーヒーを好むが、イギリス人の母を持つアレックスは紅茶を好む。ここに来るときはジョージも最初の一杯はアッサムやアールグレイなどの紅茶を楽しむのだが、その後はいつでも使用人に薄めのコーヒーを頼むのだった。

向かい合ったソファにアレックスとジョージが座り、少し間をおいて自分の傍らにちょこんと腰を下ろすノエルを見て、アレックスは悲しげにため息をつく。

『昔はいつでも俺の膝《ひざ》に座っていたのに、ノエルは冷たくなった』

『アレックスよ、ノエルは今年で十六になるんだろう？　お前もそろそろ成長しろ』

『歳をとっても、俺とノエルの関係は変わらないはずじゃないか』

『おいおい、だから俺を透明人間扱いするのはよせって。他人がいるときくらい、常識を思い出せって言ってるんだ』

ジョージの言うことはきっともっともなことなのだろう、とノエルは思う。ずっとこの屋敷で暮らしていると、世間一般のことがよくわからなくなってしまう。「そんな風に子どもみたいに、いつまでも膝に乗せているのはどうなんだ」とジョージが苦言を呈《てい》してきたのは、ほんの一年ほど前のことだ。アレックスの身体は大きく、ノエルは小さかったので、重くはないだろうとまるで気にしていなかったのだけれど、それがおかしいと言われてしまえば、少し恥ずかしい気持ちも出てくるものだ。

アレックスは他人にどう見られようと構わないという性格のようだが、ノエルは彼にすべてを委ねているとはいえ、必ずしも思考まで同じというわけではない。何よりも、アレックスが人に後ろ指を指されるような、おかしい、変わっていると思われることが嫌だった。だから、ジョージに言われた通り、アレックスの膝に乗るのをやめたのだ。たとえ、アレックスがそれを不満に思っていたとしても。

（僕とアレックスの関係がどこかおかしいと指摘したのは、何もジョージだけのことじゃない……）

今でこそ屋敷の使用人たちもアレックスの振る舞いに慣れてしまったが、最初にここへ来たときや、ときたま新しい使用人が来たときなど、露骨でないにしろ、奇異《きい》の目で見られることはもはや当たり前といっていいほどの通過儀礼《つうかぎれい》となっている。

まず、アレックスはノエルの世話に関して、一般常識ではあり得ないほどに細かく指示を出す。野菜や肉の産地、調理方法、そして入浴時のシャンプーやソープ、肌の手入れの品の銘柄《めいがら》や使用する順序、そしてベッドや毛布の固さまで、すべてアレックスは自分の希望に適うものでないと許さない。「ノエルの健康管理のため」「ノエルのきめ細やかな肌を守るため」「ノエルの美しい姿勢のため」と、初めて聞く人はすぐにうんざりしてしまうであろう神経質さで、最終的にはすべて自らチェックをするのである。

あるとき、アレックスの仕事先の出版社の編集長がノエルのために、流行の音楽のレコードをプレゼントしてくれたことがあった。知人がその関係者だとかで、まだ一般にも出回っていないような、レアな代物《しろもの》だ。

しかし、アレックスはそれを拒絶した。「この子にはクラシックしか聞かせていない。巷《ちまた》で流行《はや》っている音楽に毒されたくはない」と言って。

本心で言えば、ノエルももちろん聞いてみたかった。けれど、アレックスがだめと言うのならだめなのだ。彼はノエルの法律そのものだったので、それを破ることはできなかった。これまでにも客人たちは様々な贈り物をノエルに与えようとしたが、ほとんどすべてをアレックスは断っている。ある人は生まれたばかりの子猫がいるのだけど、飼わないかと言ってきて、ノエルはとても興味があったのだけど、アレックスが「猫は爪を立てるから」と首を横に振ってしまった。そんなことを続けるうちに、次第にノエルに何かを持ってくる人はいなくなった。

レコードをくれようとした編集長は、アレックスのいるときには何も言わなかったが、二人きりになった途端に、ノエルに訊《たず》ねてきた。「君はこんな窮屈な毎日で満足なの？それとも、少しもこの状態をおかしいと思わないのかな」と。「僕は何も不満には思っていません」と返すと、彼は妙な顔をして、「君は本当にレイモンド先生の『いい子』なんだね」と言った。

その口ぶりは、まるでノエルがおかしいと思っていないこと自体がおかしいと言っているようでもあり、また、この生活に満足していることが、ノエル自身の正気を疑うかのような口ぶりだった。

（僕自身が、変わらないといけないいんだろうか）

他にも、もっと自分の意見をアレックスに伝えるべきだという人もいた。ノエルしか、アレックスを変えることはできないのだと。

子どもの頃は何も言われなかったのに、長じてからは何かしらの意見をされることが多くなり、ノエルは戸惑っている。これまで、アレックスの望むままに生きてきて、アレックスの意に沿う言動だけをしてきた。その他の些細《ささい》なことは自分のワガママと思って、胸に閉じ込めてきたのだ。そのことに疑問を覚えたことはなかったというのに、それは間違いだったのだろうか？

『ノエルもいつでもこんなでかいのにひっつかれて退屈だろう？　たまには俺がどこか楽しい場所に連れ出してやろうか』

ジョージの声に、ノエルはハッと我に返って、にっこりと笑顔を作る。

『楽しい場所って、どこですか？』

『そうだなあ。映画でも相撲《すもう》でもいいし……そうだ、野球観《み》ないか？　野球、好きだろう？』

ノエルは目を輝かせた。プロ野球の中継をテレビで観ることはノエルの楽しみのひとつだったのだ。アレックスや屋敷の人たちと庭でキャッチボールをするのも好きだったし、いつか目の前で本物の野球を観てみたいと思っていた。

『好きです！　僕、ジャイアンツのファンなんです』

『オー、お前もジャイアンツなのか、ノエル。日本人は皆ジャイアンツファンなんだなあ』

『だって、強いじゃないですか。強いのはカッコイイですから』

『はは、見た目は可愛くてもやっぱり男の子だな。野球が好きなら、アメリカに来てもノエルはやっていけるさ。向こうの子どもたちも皆野球をやるんだ』

『ジョージもやっていたの？　アレックスも？』

『もちろんだ。あっちじゃ本ばっかり読んで家の中にこもっているような男の子は誰からも相手にされないのさ。新しく友達を作るときにも、まず野球から始めるんだ。社交術みたいなもんだよ。な、アレックス』

『俺は野球なんか別に好きじゃなかったけどね。まあ、人並みにはやったよ』

キャッチボールですらねだってようやく相手になってくれるようなアレックスが、子ども時代に野球で遊んでいただなんて、なんだか嘘のようだった。ノエルの知っているアレックスはいつでも書斎にこもって仕事をしているか、ノエルに勉強を教えているか、自由な時間は広間で本を読んだり古典音楽を聴いていたりと、まるでスポーツとは無縁な生活をしているのだ。もっとも、体調管理はきちんとしていて、健康な体を保つための運動はこなしている。だからアレックスに抱き締められると、その分厚い体は男性的な筋肉の固さを持っていることがわかり、自分もこうなりたいと思うほどなのだが、集団で楽しむスポーツは、どうもアレックスとは真逆の印象があった。

『ノエルが野球好きなら、ぜひとも球場に連れていってやりたいな。今度チケットが手に入ったら連絡するよ。な、アレックス。別にいいよな』

先ほどから口数の少ないアレックスにジョージが確認すると、アレックスはどこか苦い顔をして肩を竦める。

ノエルは内心ギクリとする。アレックスが嫌がっているというのに、ジョージとの話で盛り上がってしまった。いくらジョージ相手とはいえ、もっと拒絶するべきだったのかもしれない……。

『ノエルが行きたいのなら、行ってもいいが……』

『言っておくが、俺とノエルで行くんだからな。お前はだめだぞ』

『そういうことなら許可できない』

すぐに首を横に振るアレックスに、ジョージは心底呆れた表情になる。

『お前なあ。純粋培養にしたい気持ちもわかるが、いつまでもノエルをこんな館に閉じ込めておいてどうする気だ。同年代の友達もいないじゃないか、可哀想に』

アレックスはいかにも嫌そうな顔をして横目でジョージを見る。

『同年代の友達というのは、あれか？　最近流行りだした太陽族とかいう連中か』

『これはまた俗っぽい連中を出したな。あれはいわゆる不良だろう。ノエルよりはもう少し年かさだと思うがな』

『だが、葉山港のヨットにはアロハシャツでサングラスのああいう連中が山といる。小説だか映画だかに影響されて若い奴らは大体があああいう格好をして女を口説いているじゃないか。ノエルをそんな奴らと関わらせるわけにはいかない』

ノエルは静かに二人のやり取りを聞いている。

夏にはよくアレックスのヨットで海を楽しんだりするが、確かにそういう風体《ふうてい》の若者たちが今年に入って急に増えた。大学生が書いた小説が大きな賞をとったと聞いてはいたが、アレックスはそれを読ませてはくれない。普段はどんな本を要求してもすぐに取り寄せてくれるというのに。

『戦後の若者の無軌道ぶりがここにきてさらにひどくなっている。景気が爆発的によくなってきたせいかもしれないが、俺が好ましく思っていた日本古典の奥ゆかしい風雅《ふうが》な空気は、もうどこにもないな』

『そりゃお前、仕方ないよ。敗戦でこれまでのすべてが否定されたんだ。皆こぞって日本的なもの、伝統的な文化を捨てようとしてる。今は何でもアメリカ風がいいとされる時代なのさ。古いものに囲まれていたいなら、京都あたりにでも引っ越さなきゃならん。お前は今の日本に逆行してるぞ』

『構いはしない。俺は今の日本の若い奴らが好きじゃないんだ。だから、ノエルとは関わらせない。せっかく俺が美しく育てたノエルの心が腐ってしまう』

腐るって野菜じゃあるまいに、とジョージが茶々を入れるが、アレックスは真剣そのものだ。

ノエルははたして自分の心が美しいのか、と自分に問うたが、わからない。いや、答えは否《いな》だろう。自分はアレックスにいくつも隠しごとをしている。ただ、表面上はアレックスの望む通りにしているので、彼は自分を美しいと思い込んでいるのだ。今は、アレックスが賞賛するものを否定したくはない。だから、ノエルは黙っている。

『それに、君はそういうが、俺はノエルをここに閉じ込めているばかりじゃない。ヨットもそうだが遊びにだって旅行にだって連れていっている』

『お前がいつでもぴったり横についているんだろう？　太陽族じゃないにしても、ガールフレンドくらい欲しい年頃だろうに、いつまでも保護者に監視されてたんじゃあ、何にもできやしない』

急にガールフレンドなどという言葉を出されて、ノエルはびっくりして真っ赤になってしまう。そんな色めいた話など、アレックスとはほとんどしたことがない。慌てふためいて、気づけば口を挟んでいた。

『ジ、ジョージ。いいんです、僕は、ガールフレンドだなんて……』

『ん？　ノエル、女の子に全然興味はないのか？』

『それは……』

ノエルはもじもじとして、ちらりとアレックスの顔色を窺《うかが》った。けれど、その表情に明確な喜怒哀楽《きどあいらく》は浮かんでいない。これは明らかな『NO』のサインだ。そうなれば、ノエルの答えるべき言葉は決まっている。

『そういうことは、考えたこともありません。僕は、本当にまだ子どもで、世間知らずだから……』

『本当か？　俺が十六の頃なんて、女の尻ばっかり追い回していたぞ。寝ても覚めても頭はソノことばっかりだったからなあ。ブロンドで、グラマーで、ちょっと頭の弱い女の子なんか、最高だ、ってね。あー、そういえば俺のマリリンが再婚しちまったんだ。グレースも結婚するしよ。今年は最悪の年だよ！』

『ああ、うるさい。ノエルをお前みたいなラテン系と一緒にするな。この子には年頃になったら俺が然《しか》るべき相手をみつけてやる』

『ほら、それだ。お前はまるで化石だぜ、アレックス』

ジョージは少し真面目な顔つきになって身を乗り出す。

『いくらここが封建的な日本だっていっても、もう古くさい父権《ふけん》の時代は終わったんだぞ？　あんな小説が流行る時点で明白じゃないか。お前がノエルの父親代わりなのはわかるが、自由恋愛くらい許してやれよ。あんまり極端すぎる』

『俺はノエルに女にばかりうつつを抜かすようなろくでなしになって欲しくないだけだ。

若い頃は勉学に励み、そして立派な人間になってから恋愛をすればいい。巷にいるような、いやらしいことばかり考えている子どもになって欲しくない』

　ノエルの胸は石を飲んだように重くなる。アレックスの理想の『ノエル』と自分自身が、どんどんかけ離れていくのを感じている。

『おいおい冗談だろ、恋愛こそ若いうちにするべきだ。そりゃ、お前さんはそんなものには興味なんかなかったかもしれないがな、ノエルはきっと違うぞ。ただ出会いがないだけさ。いいか、普段異性に触れていない男ってのはな、平生女を見慣れている奴らよりもでかい過《あやま》ちを犯すものなんだぜ。ノエルに女で損をして欲しくないのなら、普段から免疫《めんえき》をつけさせるべきだと俺は思うがね』

『ジョージ。ノエルを育てているのは俺だ。君じゃない。俺は俺の考えでノエルを育てる。俺は、ノエルを一人前の男にしたいんだ』

『本当にそうなのか？　アレックス』

　ジョージの声の調子が変わる。いつも冗談ばかり言って常に陽気なこの男が少し真面目な顔をすると、その場に妙な緊張感が走った。

　ジョージのブラウンの瞳と、アレックスの蒼い瞳が睨み合う。ジョージは厳しい眼差しで、この風変わりな友人の真意《しんい》を探ろうとしているようだ。けれど、アレックスは決して他人にその心を覗かせはしない。

なぜここでそんな問いかけをするのか、その意図がわからず、ノエルは戸惑った。ジョージがアレックスの教育方針に苦言を呈するのはいつものことだが、こんな空気になるのは初めてだ。

『……まあ、いい。お節介はこのくらいにしておくか』

長いようで、ほんの数秒のことだっただろうか。

先に、音《ね》を上げたのはジョージの方だった。一気に空気が和んだのに、ノエルは内心ホッとする。この二人がケンカをしたところなど見たことはないが、元々水と油のように正反対の二人であるだけに、ひとつ食い違えば取り返しがつかなくなりそうな気がするのだ。

ノエルの会った友人の中では、アレックスはジョージを最も気に入っているようである。仕事の相手は仕方がないとしても、アレックスはたとえ友人相手でも妙に構えて、いつも気を張っているような雰囲気があった。けれど、ジョージ相手では、それがない。お互いを理解し難いと思っているだけに、かえって気を遣わないのかもしれない。

『それにしても、本当に日本はえらく変わったよなあ。アレックス、覚えてるか？　俺たちが日本に来たばかりの頃を』

『ああ……覚えている。そういえば、横浜はいまだに接収が解けていないようだな』

『時間の問題だろ。接収反対の運動が活発化してるしな。あの頃、あの辺なんざ建物なんか何にもない真っ平らな焼け野原だったのによ。もう日本経済はほとんど戦前くらいにまで復活しやがって、今じゃ毎年の成長率がヤバいことになってるぞ』

『朝鮮戦争の特需もあったからだろう。流行の言葉で言えば、〝もはや戦後ではない〟時代だな。まあ……日本人の性格もあるかもしれないが。働き蟻《あり》という言葉がまさしくよく似合うよ。休みが少なくても文句なく機械のように働く。これは他の国にはないことだ。この勢いはしばらく続くだろうな』

　話題は経済や仕事のことに移っていく。自分から話が逸れたことに安堵《あんど》して、ノエルは小皿に盛られた砂糖をまぶしたクッキーを口に運んだ。

　ノエルは、客人が自分についての話題をすることをあまり好まない。なぜなら、アレックスが不機嫌になってしまうからだ。少しノエルを褒めたり様子を訊ねたりしている間は嬉しそうにしているのだが、それがしばらく続けば、アレックスの表情はあからさまに物憂げになっていく。

『ノエル。せっかくだから、ジョージにお前のヴァイオリンを聞かせてやりなさい』

　アレックスに命じられ、ノエルは従順にヴァイオリンを用意した。小さい頃からずっとレッスンを受けてきたノエルの腕は、なかなかのものだ。しなやかに弓を操り、弦《げん》の上をすべる細い指先は、その姿自体がアレックスの気に入りで、音色もまた、「ノエルの音はとても優しい。やはり、引く人の心が表れるのだろうね」と、満足している様子だった。

　一方、同じように長いこと習っている社交ダンスは、これもノエルは優秀な生徒として教師に褒められるものの、これまで誰にも披露《ひろう》したことはない。「いずれ必要になるかもしれないから」とアレックスは嗜《たしな》みのひとつとして習わせているようだが、ノエルは社交界と呼ばれるような場所には行ったことがないし、これからもそんな機会はないのではないかと思われた。

ただ、アレックスはダンスの教師に、女性の踊り方も覚えさせるようにと注文していたので、ノエルはアレックスと踊ることもできる。頻繁《ひんぱん》ではないが、アレックスは上機嫌になったときや、少し陽気な酔い方をしたときなどは、ノエルを相手に、広間で踊ることがあった。アレックスの母はイギリスの貴族だというので、恐らく彼もダンスを習っていたのだろうか。そのステップは華麗で、見事なものだった。もっとも、アレックスも、人前で踊りを披露することはないのだけれど。

やがて夕食の準備が整い、三人は食堂に移動した。

普段アレックスはさほど酒を飲むわけではないが、ジョージがいる夜はかなりの量を嗜む。アレックスは酒が強いので変な酔い方はしないのだが、酔いが過ぎるといつもよりも少し感傷的になるのが心配だった。

けれどジョージは自分が帰った後のことは知りもしないので、どんどん友人に酒を勧める。その後のちょっとした苦労のことなど想像したこともないのだ、とノエルは少し恨めしく思った。

＊＊＊

夜遅くになってジョージが上機嫌で帰っていくと、アレックスはソファでワインを飲みながら、静かにノエルを傍らに引き寄せる。ノエルは大人しくされるがままになった。空気を伝って、アレックスの揺れる心が、ノエルの胸の奥にまで染み込んでくるようだ。

騒がしい友人たちが飲んで帰った後、アレックスは大抵いつも気分が落ち込んでいる。生真面目で神経質な彼は、きっとあんなことを言わなければよかった、こう言えばよかったと、あれこれ考えて小さなことでも必要以上に悩んでしまうのだろう。他人にどう思われてもよいという頑固な気性なのにもかかわらず、同時に繊細さも持ち合わせていた。

自分自身と向き合う時間の長いアレックスは、己の殻に閉じこもりがちで、大切なものは誰にも触れさせまいと、宝物を両腕いっぱいに抱えて立ち竦んでいる子どものようだった。ノエルも、そんな宝物のうちのひとつなのだ。

その宝物は綺麗だね、素敵だね、と言われているうちは嬉しいが、そんな風に扱ってはだめだとか、もっとこうした方がいいだとか、ノエルの教育に関してジョージを始めとした友人知人に色々なことを言われると、アレックスはそれだけで困惑し、憤《いきどお》り、そしてどうしたらいいのかわからなくなってしまうらしい。

そんなときはいつでも、ノエルはアレックスを慰め、少しでも気持ちを軽くしてやろうと、主人の側に寄り添った。「僕はあなたのすべてに満足している。だから自信を持って」と言葉にしないまでも、そう感じさせなければならなかった。

「お前はやはり同年代の友達が欲しいか？　ノエル」

やはり今日ジョージに言われたことを気にしている。ノエルはアレックスの声音で、はっきりと彼がどう思っているのかを察した。

彼は落ち込んでいる。自分に自信をなくしている。ノエルはこういうとき、自分がどう言えばアレックスの気持ちを立ち直らせられるのか十分に理解していた。

「ううん、アレックス。僕はアレックスがいてくれれば十分だよ。アレックスは僕の父さんで、兄さんで、そして親友なんだ。アレックスの他には、何にもいらないよ」

ノエルの答えに、アレックスの頬に、酔いのためではない血の気がのぼる。

それはノエルの正直な気持ちだった。アレックスは家族になろうといって自分を引き取ってくれたのだが、「お父さん」と呼べ、とは言わなかった。最初はそう呼んだ方がいいのかと迷いもしたが、「私のことはアレックスと」と言われ、養子縁組をした後も、その呼び方は変わることはなかった。

そのためか、歳も倍以上違うのに、家族のような関係でありながら、友人のような間柄でもあり、二人の間には垣根《かきね》がない。その関係をどう形容しても、一言では言い表せない、

不思議な絆《きずな》があった。

「お前がそう言ってくれるなんて、この上ない光栄だな」

「だって実際、そうなんだもの。アレックスが僕のすべてだから、他の誰かを欲しいと思ったことなんか、ないよ」

「そうか……。では、ガールフレンドは？　欲しいと思うか」

ノエルは少し言い淀《よど》み、しかし、やはり自分には『正解』しか答えられないと思った。

「僕は……まだ、よくわからない。女の子なんて、僕にはまだ早いよ」

「そうだよな。お前は、まだ子どもだ……」

ノエルの答えにアレックスはわかりやすく安堵している。そんな素直な反応が、自分よりもよほど無垢な子どものようだと、ノエルは内心思っている。

（本当は、僕はもうアレックスの思うような『子ども』じゃない）

いつか、アレックスにそう言える日がくるのだろうか。

ノエルはすでに純真無垢な子どもではない。

忘れもしない、初めて夢精《むせい》をした夜。お漏らしをしたと勘違いをして、恥ずかしさのあまり、シーツをどうすることもできずにゴミ箱に捨ててしまった。

けれど、それを見た執事が、すべてを察してくれたのだろう。ノエルの心情を慮《おもんぱか》り、「旦那様には内緒にいたします」と付け加えながら、男の子の体のことを説明してくれたのだ。

以来、きざしを覚えたときには、ノエルは義務のように自らを慰めた。そうしなければ、またシーツに粗相《そそう》をしてしまう、と教えられたからだ。

けれど、そんなことはアレックスには絶対に知られたくなかった。

アレックスはノエルが成長していっても、昔と変わらず、幼い子どものように扱うのだ。彼の中の「ノエル」はまだ何も知らない無垢な子どもであり、自分はそうあるべきなのだ、とノエルは考えていた。

以来、漠然とノエルの中に育ちつつあった「このままでいいのか」という疑念は色濃くなっている。思いつめるあまりに息苦しくなり、涙をこぼすことさえあった。

ノエルの苦悩など知らずに、アレックスは「ノエルは美しい」という。ノエルは、いつまでアレックスの理想通りの自分を演じられるのか、わからなくなってきている。

「美しいお前の周りに少女を配して、彼女たちが色めきたって鞘当てをし合う様を見るのも、面白そうだな」

「女の子たちの場合も、鞘当てなんていうの」

今夜はよほど酔いが回っているのか、常になくおかしなことを口走るアレックスが愛おしい。美しいのはアレックスの心だ。いつでも、夢見るようなたとえ話や愉快な空想を口にして、ノエルをうっとりとさせてくれる。

「僕は、女の子が傷つくのは見たくないよ。そんな遊びは残酷でしょう？」

「そうかな。女たちがお前に夢中になるのを見てみたい気はする。もちろん、実際そんなことはしないが……」

アレックスの口ぶりに、ノエルはようやく、その妄言《もうげん》がある物語からきているものだと気がついた。源氏物語の主人公、源氏の養女である玉 鬘《たまかずら》である。源氏は養父の立場でありながら玉鬘に懸想《けそう》し、彼女に言い寄る男たちを観察して楽しんでいた。

「アレックス、僕を玉鬘と勘違いしているんじゃないの。僕は紫の上なんでしょう？」

「ああ、気づいたか」

アレックスはおかしそうに酒に赤らんだ頬を緩める。

「そうだ。お前は私の紫の上……私が大切に育てた、若君だ。そうやすやすと、面白がって女と遊ばせるわけにはいかない……」

ノエルの頬を撫でながら、さも幸せそうに微笑むアレックスに、ノエル自身、幸福に酔っていた。

男性と少年の間柄であるのに、紫の上などと呼ぶ滑稽《こっけい》さなど、二人の間には存在しない。育てる者の幸せと、育てられた者の幸せは、当人同士にしかわかり得ぬものなのだ。

アレックスはしばしば酒に酔うと、ノエルを「私の紫の上」と呼ぶ。古典の名作としてあまりにも有名な源氏物語は、幼少の頃から日本に見いられていたアレックスをさらに深みへはまらせた書物だった。そのことをノエルは昔から幾度も聞かされてきた。

「ノエルと出会ったとき、私は源氏と紫の上の出会いを思い浮かべたのだ。もちろん、状況はまるで違っていたけれど、源氏は己の想いを押さえ切れずに、ついに決心して幼い女の子を攫《さら》ってしまっただろう？　あの心情が、私はあのときにはっきりと理解できた。私はこれまで、日本の文学を読んできても、その情緒や言葉を美しい、好ましいと思いはしても、共感はしたことがなかった。だが、ノエルと出会って初めて、私は人が情動によって平生では考えられない愚《おろ》かな行動をすることがあるのだ、と理解したんだ」

と、熱くかき口説いた。

ノエルは源氏物語も、その英訳も読み、紫の上がどんな人物なのか、どんな物語があったのかを知った。アレックスがあまりに幻想的に語るので、よほど童話のように愛らしい話なのかと思っていたが、実際に読んでみれば、それは今も昔も変わらない、男と女の細やかな愛とくるおしい悲しみの世界であった。

確かに、自分は紫の上かもしれない。幼い頃に攫われて大切に育てられ、環境はすべて主人の思うままに整えられ、表面上は、彼の思い描くままに成長している。けれど、アレックスは源氏ではなかった。源氏は多くの女性と恋をして紫の上を悲しませるけれど、アレックスには女性の影すら見えず、逆にこちらが心配するほどだ。

（本当は、わかっている……。僕は紫の上ではないし、アレックスも源氏じゃない。今はこんな風に二人で幸せな日々を過ごしているけれど、この夢もいつかは覚めるんだろう……)

もしもこの世に自分とアレックスの二人きりならば、いつまでも続いてゆけるだろうこの世界も、いずれ何かの拍子にひびが入り、やがて壊れてしまうに違いない。

現に、ノエルは変わり始めている。この変化を止めることはできない。胸に巣食う疑念がどのような形をとってノエルを導《みちび》くのか、自分自身にもわからずにいる。

ノエルは聡明《そうめい》な少年だった。アレックスに拾われる前に、盗みの集団にいたときも、自分を不幸だと思ったことはなかった。けれど、アレックスに出会い、彼にすべてを与えられて初めて、あれは不幸な日々だったのだと知ったのだ。

それと同じように、いつか、今のこの毎日を振り返り、あのときは幸福だったと思う日がくるのではないか。幼くして地獄と天国を見てしまったために、ノエルには幸福も不幸も、永遠に続くものとは思われなかったのである。

(願わくば、ずっとこのまま……)

ノエルは切にそう願う。けれど、変化はきっと避けられない。

枝を飾る葉が赤く染まり、やがてはらりと地面へ落ちていくように。

あやめ

季節は移り、冬になった。

夏は避暑地に丁度よく、冬は避寒地に最適な葉山は、十二月になっても比較的温暖《おんだん》で過ごしやすい。

秋にジョージがここを訪れたときの議論で、アレックスは頑《かたく》なに友人の主張をはねつけたものの、やはり少しは気にしていたようだ。これまで女性の使用人はノエルの年齢よりもずっと上の者しかおかなかった屋敷に、あれから間もなく、若い女の子を雇い入れた。

彼女は皆に「あやめ」と呼ばれ、大層な働き者で、一日中屋敷の中を忙《せわ》しく歩き回っている。特に掃除をするときにはいかにも楽しそうで、彼女が床を磨《みが》きながら、柱を拭《ふ》きながら、何気なく口ずさむ上機嫌な鼻歌は屋敷で聞こえぬ日はなかった。

歳は今年十五で、ノエルの誕生日がくるまでは同い年だ。以前もどこかで使用人をしていたらしく、その働きぶりは板についていた。

容姿は美しいというのではないが、醜女《しこめ》というわけでもなく、素朴《そぼく》で健康的な少女である。ものに感激しやすく、素直な性格で、少しもひねくれたところがないので、皆に可愛がられていた。

「若い女の子がいると、こんなに賑やかになるものなのねえ」

と使用人たちが話している通り、あやめが葉山の屋敷に来てからというものの、笑い声が絶えず、たちまち花の咲いたような雰囲気になり、女の子一人でこうも変わるものかと、主人のアレックスも苦笑していた。

「私もお前も静かな性格なものだから、こう屋敷の空気が違ってしまうと、どこか別の家にいるような気がするね」

「まるでいつでもジョージがいるみたい。彼のようにお酒は飲まないけれど」

ノエルの答えに、アレックスは確かに、と言って笑う。

実際、あやめはジョージのように気さくで、ノエルが話しかけても緊張する素振りも見せなかった。

ノエルが勉強をしている部屋にあやめがお茶を運んできてくれると、いつも会話が弾んで、必要以上に長く引き止めてしまう。ノエルはいつしか、お茶を持ってくるのはあやめにして欲しい、と自ら頼むようになっていた。

「最初はびっくりしたんです。だって、ノエル様というお名前の坊っちゃまがいらっしゃるというから、てっきりご主人様のような外国の方だと思っていたのに、普通の日本人の方だったんですもの」

　あやめの飾らない言葉に、ノエルは微笑んだ。

「アレックスだって、もう日本人みたいなものなんだよ。永住権を得ているんだから」

「そんなことを言ったって、金色の髪で青い目をしているんですもの。いくら日本語がお上手でも、お箸《はし》を上手にお使いになっても、外国の方だと思ってしまうんです」

　彼女は天真爛漫《てんしんらんまん》というのか、天衣無縫《てんいむほう》というのか、本当に思ったままを口にするので、ノエルは実に興味深く彼女の話を聞いていた。

　他の人が同じことを口にすれば、間違いなく悪口になってしまうだろうという内容でも、あやめにかかってしまえば、悪気のない無邪気な話としか思われず、誰も傷ついたり、嫌に思ったりはしないのだ。

　それにしても、ノエルは、ほとんど同い年のあやめに目上の人に対するような言葉を遣われるのに、違和感を覚えていた。自分など、運よくアレックスに拾われたというだけで、実際氏《うじ》素性《すじょう》もわからぬ人間なのだ。

　そんな意識が、ノエルの心にはいつまでも、消えることなく揺曳《ようえい》している。アレックスにとってしか価値のない存在の自分が、あやめよりも立派な人間だとは、とても思われない。

　アレックスの仕事相手からならまだしも、こうして同年代の二人が面と向かって喋っているのに、片方だけが敬語なのはおかしい気がしたし、自分はそれに値しないように思った。

「敬語を遣わないでくれるかな。なんだか、喋りづらいよ」

「え、でも、あたしは使用人ですし」

「構わないよ。僕の命令だと言っても、だめ？」

「旦那様に叱《しか》られてしまうから……」

「じゃあ、二人きりのときだけ、普通に喋って。お願い」

ノエルの懇願に、あやめは案外容易く、二人きりのときなら、と頷いた。

ノエルはほとんど初めて同年代の少女と話をするので、好奇心でいっぱいだった。話したいことが山ほどあったのだ。いうなれば、珍しいものを手に入れた研究者のような心持ちだった。アレックスがノエルのこういう心情を喜ばないとわかっていたが、彼に露見《ろけん》しなければ大丈夫という、少し大胆な気持ちもあった。

「そういえばあやめは太陽族とか呼ばれている人たちがいるのを知っている？」

「もちろん。どうして？」

「アレックスが、そういう連中が嫌いだって言っていたから。ねえ、あやめは、あの映画を見たの？」

「見たわ！　一緒のお屋敷で働いていた仲間たちと一緒に。本当は見にいっちゃいけないって言われてたんだけど」

「どうして？　一体誰が」

「ご主人様が。屋敷の風紀《ふうき》が乱れるから、って。元子爵のお上品なお方だったのよ。お作法とか決まりごとがあんまりうるさくって、そこには長い間はいなかったんだけれど」

「あやめは、色んなところで働いているんだね」

ノエルは心底感心した。自分など、この屋敷から出ることすら稀《まれ》なのだ。

「僕とほとんど同い年なのに、すごいや」

「ノエル様の方がすごいと思うわ。あたしなんか全然」

「僕のどこがすごいっていうの」

「だって、色々なことを知っているし、なんていったって、英語もフランス語も魔法みたいに操れるんだもの！」

「魔法なんかじゃないよ」

「それに、ヴァイオリンなんてものも弾けるし！　素敵なダンスを踊っているのも見たわ。本当に、まるで物語に出てくる王子様みたいよ！」

大げさだなあ、とノエルは笑いながらも、同年代の女の子に褒められたのは初めてで、なんだかくすぐったいような気持ちになる。

こういうやり取りをする間柄のことを、友達というのだろうか。ノエルにはこれまで同い年の友達がいなかったのでわからない。けれど、こういう面白いやり取りをこれからもあやめとできるのなら、嬉しいと思った。

「君と友達になりたいな」

思わず本音を呟《つぶや》くと、あやめは困った顔をする。

「あたしはいいんだけれど……でも、やっぱり、ご主人様と使用人だから……」

「だって僕、同じくらいの歳の友達がいないんだよ」

「じゃあ、誰と外へ出かけたり、遊んだりするの？」

「外へは、いつもアレックスと一緒に行くんだ。一人でここを出たことなんかない」

「え、いつも？」

あやめは目を丸くして驚いた。

「友達と出かけたことがないなんて、可哀想。すごく楽しいことなのに」

「そうなの？」

そう言われると、ノエルはにわかに興味が出てくる。

「普通は、友達と一緒に外へ出て、何をするの？」

「色んなことよ。さっき言ったみたいに映画を見たり、買い物をしたり、喫茶店でお茶をしたり、お喋りして笑っているだけでも楽しいわ」

あやめの語る話は、ノエルには初めて聞くようなものばかりだ。アレックスも、アレックスの友人知人も、使用人たちも、皆ノエルよりも随分年かさで、若者同士の会話などほとんど耳にしたことがない。

あやめはノエルにとってあまりにも新しく、面白く、興味深い存在だった。ノエルは聡明なだけに、知識欲や探究心も旺盛《おうせい》で、これまでそれを書物やときおりアレックスが伴ってくれる旅行での見聞《けんぶん》で補っていた。けれど今、あまりにも近くに、今まで知らなかったことを教えてくれる存在があるのだ。

「いいなあ……。いつか、僕もあやめのように友達と外へ遊びに行ってみたいよ」

「ノエル様って、面白い人。色々なことを知っているのに、あたしみたいな下々《しもじも》の者が知っているようなことを知らないだなんて」

ノエルがあまりにも面白がっている様子なので、あやめはだんだん興《きょう》が乗ってきたらしい。

「じゃあ、行ってみましょうよ。旦那様のいないときに」

「え……連れていってくれるの？」

「バレなきゃきっと大丈夫。今度の金曜日、お仕事でまた東京へいらっしゃるんでしょ？　そのときに、ちょっとだけ出てみましょうよ。あたしはその日お昼すぎに仕事が終えられれば、それから夕食の準備までは自由だから。ちょっとくらい平気よ」

ノエルは、アレックスに叱られることを考えて萎縮《いしゅく》するものの、あやめの誘いはこれ以上ない魅惑だった。また、こんな機会はもうそうそうないだろうと思えたし、少しでも世間を知って大人になって、アレックスに近づきたいという気持ちもあった。

（僕はアレックスの思うような無垢な子どものままではいられない。今は隠しおおせているけれど、きっとそのうち僕が以前の僕ではないと気づかれてしまうだろう。でも、それがアレックスの言ういやらしい子どもということではなくて、少しでも大人に成長した証《あかし》だと思えてもらえたら……アレックスと対等に向き合うに値する大人になれたのなら、きっと彼は満足してくれる。そのためには、今のままじゃ全然だめだ。僕は、本当にものを知らないから……）

あやめと話していると、一層そう思う。自分があまりにも世間知らずなので、恥ずかしくて顔が赤くなってしまうくらいだ。

ジョージが連れ出そうとしてくれても、自分が一緒でなければダメだというし、きっとアレックスの目にはまだまだ目が離せない幼児と同じくらいにしか思われていないのに違いない。ノエルは、自分が一人前なのだということを、アレックスにも理解されたいと思っていた。

（アレックスが僕をまだまだ子どもと思いたがっていることは知っている。けれど、僕はもう子どもじゃない。少しは、アレックスの思う通りでない『ノエル』を作っていかなくちゃ……）

ノエルは、ほとんど本能的に、反射的に、アレックスの望むような言動をする習性が身についてしまっている自分に気づいている。大好きなアレックスを失望させたくない、アレックスの期待に応えたいという気持ちが、ノエルを子どものままに見せている。

けれど、アレックスの望むままに生きたいと思うのと同時に、ノエルの中にはまた違う自我《じが》も芽生え始めていた。それはあやめに出会ってからより顕著《けんちょ》になった。ノエルは、大人になりたがっていた。従順な子どもというだけではない、アレックスと大人の会話のできる、一人前の存在になりたいと願っていた。アレックスのために、成長したがっていたのだ。

とうとう二人は金曜日の昼過ぎにこっそりと出かけることを約束し、口裏を合わせる算段をした。馬鹿正直にいかにも二人で出かけるというのはまずいので、まずノエルが「アレックスに内緒でプレゼントを買いたい」と執事に言う。そうすると、一人で外を歩いたことのないノエルに、誰かを付き添わせようとするだろう。そこで、ノエルがあやめを「センスがありそうだから」「今の流行を知っていそうだから」と言って指名するのだ。

ノエルの希望ならば誰も文句は言わないだろうし、それに「アレックスに内緒で」と言っておけば、使用人たちからの告げ口も心配はない。

はたして、その作戦は上手《うま》くいった。クリスマスのノエルの誕生日はアレックスの誕生日でもあるので、内緒でプレゼントを買いに行くことは何ら不思議には思われなかったのだ。もちろん、この機会に本当にプレゼントを買うつもりでいる。渡すときには自分で買ったのではなく、使用人に頼んで買いに行ってもらった、と言えばいい。

バスに揺られながら無事屋敷を出られたことに安堵しつつ、ノエルは少し落ち着かなくなってくる。

「本当に大丈夫かなあ。不安になってきた」

「平気よ。それに、万が一バレたって、旦那様はノエル様を溺愛《できあい》しているんだから、そんなに怒らないはずだわ」

「そうかな……」

ノエルはこれまでこんな大事《おおごと》をしでかしたことがないので、もしも露見してしまったら、アレックスの反応はまるで想像もつかない。

「そうよ。むしろ、ノエル様が自分で外に出ようとしたってこと、喜んでくれるかも」

「喜ぶ？　どうして」

「だって、ノエル様が成長したってことじゃない。今まで自分の言う通りにしか動いてこなかった子が、自分の意志で何かを始めるって、感動的だと思うけどなあ」

それは、ノエルも期待しているところではあった。自分の成長をアレックスが喜んでくれるのなら、どんなにいいことか。なんだかんだでアレックスはノエルに甘いし、もしものことがあってもさほど叱られないとは思うけれど、あやめの言うようにいい方向へいく

だろうか。胸を高鳴らせながらも、やはり不安の方が大きい。もっとも、ノエルは今まで
アレックスにひどく怒られたことなどないのだけれど。
「それでも、やっぱりちょっと怖いや。最後まで上手くいくといいんだけど……」
「大丈夫大丈夫、ケ・セラ・セラ〜」
あやめが妙な調子で歌い出すので、ノエルは思わず噴き出した。
「なに、それ？　何かの呪文みたい」
「こないだ発売した曲なの。なるようになるわ〜って歌よ」
「ひどい。そんな適当な歌が流行ってるの」
あやめのお陰《かげ》で緊張が解《ほぐ》れる。彼女と話していると、初めて聞くような言葉がポンポン
と出てくるので、楽しくて仕方がない。
「ねえ、本当にアレックスへのプレゼントを買いたいんだけれど、何がいいかな」
「そうね……旦那様は何でも持っていらっしゃるし、ノエル様、そんなに高いものは買え
ないでしょう？」
「そうだね。あんまり高価なものは無理かな」
ノエルはアレックスからお小遣いというものはほとんどもらったことがない。ただ、旅
行の際に何かを買いたいとねだったとき、お金を渡してもらい、おつりはとっておきなさ
いと言われて、貯めたものがあるだけだ。さすがにものを買うことくらいは教えようとし

たのだろう。旅行に出るたびにそういった機会があったので、ちょっとしたプレゼントを買えるくらいには貯《た》まっている。

それにしても、とノエルはバスの乗客たちを秘かに見回した。まだ数人だが、自分たちの会話を聞かれたら、いかにも友人同士の二人が「ノエル様」などと言っているのはおかしく思われるかもしれない。

ノエルはこっそりとあやめに囁く。

「ねえ、あやめ。僕のことを、様って呼ぶの、今はよして」

「え……、ああ、普通の友達みたいに呼んだ方がいい？」

「そうして。ヘンに思われちゃう」

あやめは納得して、わかったわ、と頷いた。

「プレゼント、紅茶なんてどうかしら。旦那様って紅茶がお好きだったでしょ？」

「うん、そうだけど……でも、アレックスはいつもイギリスから取り寄せたものを飲んでいるんだ。僕が買ってもアレックスのこだわりには合わないかもしれない」

「うーん、そうか……あ、それなら、ビーチサンダルなんてどう？」

「え……、サンダル？」

あやめの意外な提案に、ノエルは目をぱちくりとしてしばし考える。アレックスはサンダルなどは夏でもめったに履《は》かない。自分でも買ったことなどほとんどないだろう。それなら、確かにノエルがプレゼントとして贈ってやれば、他にはないものになるかもしれないが……。

「それって、冬でも売っているの？」

「売っているところはあるわ。ビーチサンダルで有名な履物屋《はきものや》よ。ノエル、……もお揃いで買って、二人で夏に履いて一緒に海岸を散歩でもしたらいいじゃない。せっかく海が近くにあるんだもの」

なるほど、それはいいアイディアのように思えた。いささか季節を先取りしすぎかもしれないが、まだ十五の自分には分相応《ぶんそうおう》な贈り物だ。アレックスもきっと受け取ってくれるだろう。

「あ、でも、ノエル……は、旦那様の足のサイズ、わかる？」

「うん、大体は。サンダルだしそんなに正確でなくてもいいでしょ？　僕の大体一・五倍くらいだよ」

「ええっ。そんなに大きいの？　ああ、でも旦那様、背が高いものね……いちばん大きいのを買えばいいわ。それで間に合うかわからないけど……」

あやめが案内してくれた履物屋には、驚くほどたくさんの色のビーチサンダルが並べられていて、ノエルは選ぶのに苦労した。それでも、アレックスが好きな紫を選んで、自分用には青を選んだ。

「ノエル、青が好きなの？」

「うん、そうだよ。昔から」

アレックスの瞳の色だから、というのは、さすがに恥ずかしくてあやめには言えない。

あの海を思わせる綺麗な瞳の色に、ノエルは出会ったときから魅せられていた。進駐《しんちゅう》軍《ぐん》の外国人たちをたびたび目にしていたけれど、あんなに間近で、あんなにも綺麗な青い色を見たのは初めてのことだったのだ。

アレックスの紫と、自分の青。二人で並んでこのビーチサンダルを履いて歩くのが待ち遠しい。

（アレックスは、喜んでくれるかな……）

今までもらうばかりで、プレゼントらしいプレゼントもしたことがなかった。クリスマスと、二人の誕生日が一緒だったので、贈り物も一度ですむのだけれど、ノエルからは、せいぜい庭の花を摘んだり、メッセージカードを書くくらいだったのだ。今年は、それに初めてきちんとしたプレゼントを添えることができると思うと、少年の胸は興奮に高鳴った。

アレックスは毎年本や、洋服や、グローブや、様々なものをプレゼントしてくれるというのに、自分からは大したものを贈れないことが、いつも悲しかった。けれど、今年から自分は変わるのだ。ノエルは急に自分が大きくなったような、晴れ晴れとした気分になる。

無事にプレゼントを買い終えると、ノエルはふいにそわそわしてきた。もう屋敷を出てから一時間は過ぎてしまっただろうか。

「どうしよう。もう帰った方がいいよね」

「もう少しなら大丈夫よ。だって旦那様が東京に出て戻ってくるのは、いつも夜遅いじゃないの」

「そうだけど……」

「せっかく出てきたんだから、もう少し遊ぼう。ね、ちょっとお腹がすかない？」

「そういえば、少しだけ」

「ならここから少し行ったところに美味しいコロッケを売っているお肉屋さんがあるの。そこに行きましょう」

活発な道先案内人は、あれよあれよという間にノエルを次の場所へと誘っていく。あんまり立派なものを食べたら夕飯が食べられなくなってしまう、と危惧《きぐ》するノエルだったが、あやめは精肉店でコロッケをひとつずつ買っただけで、近くに海があるから、海岸を歩きながら食べようと言うのだった。

言われるままに歩きながら紙袋に包まれたコロッケを食べると、その美味しさにノエルは思わず声を上げた。

「これ、すごく美味しい！」

「ここのコロッケ、食べたことないの？　有名なのよ」

「ないよ。食べながら歩くなんて、したことがないんだもの」

ノエルがあまりに美味しい美味しいと感激しているので、あやめはおかしくてたまらない様子だ。

「そんなに美味しい？　ノエルは今までにたくさん美味しいものを食べてきたんでしょう？」

「そうかもしれないけれど……なんでだろう。こうして食べながら歩くっていうのが、初めてだからかな」

ノエルは徹底的にアレックスに食事のマナーを教え込まれている。食事は椅子に座って、テーブルでする、というものでしかないのだ。けれど、こうして海を眺めながら食べるコロッケはことさら美味しい。もしかすると、何もかもが新しく体験することだから、そう思えるのかもしれない。

「なんだかこれって、デイトみたいね」

ふいに、あやめがちょっと頬を赤らめてクスクスと笑う。

「デイト……ｄａｔｅのこと？」

「ええ、そう、ランデブーよ。最近はデイトっていうの。ノエルが言うと本当の英語なんだもの、違う風に聞こえるわ」

「おかしいな。ランデブーって、ｒｅｎｄｅｚ-ｖｏｕｓでしょ。それはフランス語だよ。フランス語の方が先に使われていたんだね」

「えーっ、そうなんだ」

あやめは目を丸くして驚いた。

「何語かなんて考えてなかった。だったら、フランス語の方がイカすわ」

「イカす？」

「素敵、ってこと！」

「フランスの方が素敵なの？」

「だって、今ディオールっていうブランドがすごく世界で流行しているんですって。日本なんかまだまだ……やっぱりおしゃれなのはフランスなのよ」

さかしげに言うあやめが可愛らしい。いつの間にか、ノエルの先生になったようなつもりで、世間の流行のことを色々と説明してくれている。

（それにしても、ｄａｔｅだなんて……）

あやめの赤い頰につられるように、ノエルの頰も仄《ほの》かに染まる。

言われるまで、ノエルはまるでそんな風に考えていなかった。あやめは確かに女の子だけれど、そういう気持ちを持ったことはなかったし、ただの得がたい同年代の友達、としか思っていなかったのだ。

けれど、一度そう言われてしまうと、なんだか気恥ずかしいような気がしてきて、妙な罪悪感にまで捕われ始める。

（僕……不良になってしまったんだろうか。アレックスが嫌っている、太陽族みたいな奴になってしまったんだろうか）

そう思うと、にわかに胸に不快感が込み上げて、あんなに美味しいと思っていたコロッケも喉を通らなくなってしまう。

アレックスに嫌われることは、ノエルにとっての絶望を意味した。ノエルがノエルとして生きてきたことは、すべてアレックスの好意によるものだ。それがなくなってしまえば、ノエルは何もなくなる。アレックスに与えられた環境も、教育も、すべてが消えてしまい、ノエルは自分の名前も生い立ちも、何も覚えていなかった、あの焼け野原をさまよっていた『名もなき存在』に戻ってしまう気がする。

（そんなの嫌だ！　そんなの……）

ノエルは今になって、激しい後悔に襲われた。なぜ、アレックスが禁じていることをやすやすとしでかしてしまったのだろう。あやめと話していると、友達と外に出て遊ぶなんてことは、全然大したことはない、誰でもやっている普通のことに思えていた。

けれど、自分は違うのだ。アレックスの作ったルールの中でなくては、アレックスの買ったあの屋敷の中でなくては、生きていけない存在なのだ。それをわかっていたからこそ、自分はすべてアレックスの望み通りに、アレックスの期待通りに生きようと気を配り、いつしかそれが習性になっていたのではないか。

アレックスは自分に甘いから、きっとこの冒険のことを知られてもそんなには怒られずにすむ。そう楽観視する気持ちも確かにあったけれど、それ以上に、ノエルはこれまでに培《つちか》われてきた、アレックスの掌《てのひら》の上で生きてきた安寧《あんねい》を自ら捨ててしまったことに震え上がっていた。

ノエルは、そこで以外の生き方を知らない。アレックスがいなければ、日々どうやって生きていけばいいのかすらわからない。今、自分はとてつもなく危険な場所をそれと知らずに歩いているのではないか。そんな風に思えてきて、ノエルは色をなくした。

（アレックス……今頃どこで何をしているんだろう。アレックスに会いたい。今すぐ会いたい……）

泣きたいような気持ちが込み上げて、ぐっとこらえる。今の自分はまるで、何かに夢中になって駆け出したはいいものの、はたと周りに母親の姿がないことに気づいて泣き出す幼児のようだ。

アレックスのために大人になりたい、世間を知りたいと思ってあの屋敷を出てきたはずなのに、ほんの少しの時間が経っただけで、こんなにも情緒不安定になってしまう自分は、やはり無知な子どもでしかない。

無言になってしまったノエルを、あやめが不思議そうな顔をして覗き込む。

「ねえ。どうしたの？　黙り込んじゃって」

「あ……、ごめん」

「あのね、ノエル」

あやめが少し恥ずかしそうに頬を染める。

「私、ノエルにダンスを教えて欲しいわ」

「ダンスを……？」

「うん。広間でノエルが先生を相手にレッスンを受けているのを見たとき、なんて優雅な動きなんだろうって、見とれてしまったの。私もあんな風に踊れたら、って……」

ダンス——決して人前で踊ることのない、ただアレックスと踊るためだけに覚えているようなダンス。

(ああ……そうだ。きっとアレックスは、僕と踊りたいから、ダンスのレッスンを受けさせていたんだ)

これまで自分を屋敷から出さなかったアレックスが、これから急に鳥籠《とりかご》の扉を開けて、自分を解き放つはずがない。どこにも出すつもりがないのなら、ノエルのダンスはあの屋敷の中だけのものなのだ。

ノエルの踊る相手は、アレックス一人きり。そう思うと、もしも自分があやめにダンスを教えたのなら、アレックスはどんなにか悲しむだろうと、ノエルの胸に痛みが走る。

（僕の隣には、いつでもアレックスがいた。食事をするときも、旅行に出て見知らぬ街を歩くときも……アレックスのいない風景を、今、僕は初めて見ているんだ）

そう思った途端に、今までキラキラして見えていた、自由な、奔放な外の世界が、急に味気ないもののように見えて、ノエルは戸惑った。

日が東から昇り、西に沈んでいくように、アレックスの存在はあまりにもノエルにとって当たり前のものだった。それが欠けてしまえば、どこかがおかしいと感じる。別の星に来てしまったように思える。まるで、記憶をなくしてさまよっていたあのときのような。

無性に、アレックスに会いたくなってしまう。彼の姿を、いるはずのない海岸に探してしまう。

（アレックス……会いたいよ。本当に、今すぐ会いたいんだよ）

つん、と袖《そで》を引かれて、ノエルは我に返った。

「ねえ。どうしたの、さっきから。なんだか上《うわ》の空」

「あ……、ご、ごめん。ぼうっとしちゃって」

苦笑いするノエルを、あやめは憮然《ぶぜん》とした面持《おもも》ちで眺めている。

「もしかして、旦那様のことを考えているの？」

「えっ。どうしてわかったの？」

ノエルが驚くと、少し膨《ふく》れっ面をして、少女は横を向く。

「ノエルは、いつだって旦那様のことばかりね」

「そんなことないよ」

「ううん、そうよ。いつだってそう」

あやめがなんだか不機嫌だ。拗《す》ねた様子が可愛いと思う。同時に、大人としか交流してこなかったノエルは、少女の気まぐれを少し持て余《あま》している。

それにしても、アレックスのことを考えているのは、そんなにおかしなことなんだろうか。

ノエルは、いつだったかジョージに、アレックスの膝の上に乗るのはおかしいと指摘されたときの、胸のざわめきと恥ずかしさを思い出して、項垂《うなだ》れた。

(僕は本当に世間知らずだ。屋敷の外のことを、ほとんど何も知らない。きっと、他にもおかしなところがたくさんあるんだろう。本では学べない、常識の範疇《はんちゅう》から外れたところが……)

ノエルはアレックスの大きな羽根に包まれて育ってきたので、ジョージのような近しい存在くらいにしか、その常識はずれなところを指摘されたことはなかった。しかし、あやめは同い年の女の子で、しかも屋敷に勤めている使用人の一人なのだ。そんな彼女に「おかしい」と思われてしまうのは、あまりにも恥ずかしいし、情けない気持ちがした。

ノエルも物語の中では男女の関係のことは知っていて、男は女を守るもの、という認識があったし、教え導くもの、という印象もあった。あやめはノエルの知らないことをたくさん知っていたし、それを教えてもらうことは恥ずかしいとは思わなかったけれど、自分が普通だと思い込んでいることをおかしいように言われてしまうと、自分の本質を蔑《さげす》まれたように感じて、身の置きどころがなかった。

「もう、帰ろう」

気がついたら、そう言っていた。

寄せては返す波の音。美しく輝く砂浜。白く泡立つ波打ち際。冬のもの寂しい、静かで底知れぬ海の色。

アレックスへのプレゼントを片手に、コロッケを食べながら、あやめと楽しい時間を過ごしていたはずなのに、すでにノエルの心は屋敷へ帰ることばかりでいっぱいになっていた。

どうかアレックスに知られませんようにと、願うのはそのことばかりだ。

＊＊＊

屋敷を初めて抜け出した、その翌日。

思いがけないことが起きていて、ノエルは愕然《がくぜん》とした。あやめが、こつ然と消えてしまったのである。

使用人たちのおずおずとした申し訳なさそうな態度を見て、聡《さと》いノエルはすべてを悟《さと》った。きっと誰かが口を滑らせて、昨夜遅くに帰ったアレックスに外出したことを話してしまったのだ。そうでなければ、アレックスがあのことを知るはずはない。

それにしても、こんなに早くにあやめを追い出してしまうだなんてと、ノエルは初めてアレックスに疑問を覚えた。ノエルが朝起きたときには、もうあやめはいなかった。ということは、彼女は真夜中か、早朝に屋敷を追われたのだろう。あまりにも性急するし、一方的なことだ。

（僕のせいだ……僕のせいで、あやめは……）

あやめのいなくなった屋敷は、まるで火が消えたように静かになった。以前もこうだったはずなのに、ことさら寂しいように思えるのは、一度その賑やかさを知ってしまったせいだろう。

使用人たちも心なしか憂鬱《ゆううつ》そうな顔に見え、ノエルは彼らに無邪気に「あやめはどこへ行ったの？」などと訊ねることはできなかった。

屋敷の朝は、アレックスの生活に合わせて、遅くに始まる。ほとんどブランチに近い時間にクロワッサンと卵、ベーコン、チーズなどの簡単な朝食をとるのだが、そのとき、アレックスは静かにノエルに問うた。

「昨日は、あやめと二人で屋敷を出たそうだね」

ノエルは、石を飲んだように重い心地になる。やはり、アレックスはもうそのことを知っていた。

無言で頷くと、主人は深々とため息を落とす。

「私の許しもなしに……勝手なことをしたものだ」

「ごめんなさい、アレックス。でも……」

今までアレックスの意に沿う言葉しか口にしてこなかったノエルは、自分の心からの意見を訴えようとすることに慣れていない。けれど、今は懸命に口を開かねばならなかった。自分の気持ちを伝えなければいけなかった。

「アレックスがいなくても、外を出歩けるようになりたかったんだ。僕は、外のことを何にも知らないから……だから、あやめに」

「あやめというのが、問題なんだ」

ノエルを遮《さえぎ》って苛立《いらだ》たしげに言うアレックスに、ノエルの胸はますます苦しく、悲しみに塞がるような思いだ。

「どうして……？　他の使用人ならよかった？」

「よくもないが……あやめは、女の子だろう」

「女の子は、いけないの？　ｄａｔｅになってしまうから？」

「お前の口から、そんな言葉を聞くとは……」

さも失望した様子でかぶりを振るアレックスに、ノエルは泣きたくなる。

「僕を、玉鬘のようにしたかったんじゃないの？」

「あれは冗談だ。まさか、本当にそんなことをするはずがないじゃないか。大体、あんな田舎娘相手に」

吐き捨てるような調子になりかけるのを、アレックスは自分で思い留《とど》め、口をつぐんだ。

主人の心の中の激しい憤りが垣間みえたようで、ノエルの心はいよいよ乱れ始める。

「アレックス……僕が悪かったんだよ。僕が外に連れていって欲しいって、あやめに頼んだんだ。彼女を悪く言わないで」

「なぜあの子を庇《かば》う」

「だって……僕のせいで、あやめは……」

「私に、お前と出かけてきたと言ったのは、あやめ本人なんだぞ」

思いもかけなかった事実に、ノエルは呆気にとられた。

（あやめ本人が……？　一体、どうして）

秘密のことだと、わかっていたはずだと思っていたのに。あやめは、ノエルがあのことがアレックスに露見するのを恐れていると知っていたはずなのに。

あやめ本人が主人に申し立てたということが、ノエルにはにわかには信じられなかった。

「十六にもなるのに一人では屋敷から出さないだなんて、おかしい、とな。きっと何も知らないお前を憐れに思って、私に直訴《じきそ》してきたんだろう」

アレックスは自嘲《じちょう》するような苦い笑みを頬に刻んでいる。

「あの子は素直な子だから、おかしいと思ったことをそのままにしておけない。私が、お前を支配しすぎていると言ってきた。それを聞いて、すぐに辞めてもらうことを決めたのだ。ジョージや古い友人たちならまだしも、勤めて間もない使用人の分際で主人に意見するような無作法者は、ここにはいらないからな」

そういえば、以前勤めていたお屋敷のことで、しきたりや何やらが厳しくて長くはいなかった、と言っていた。元々、こうと思ったらそうせずにはいられない性格なのかもしれない。

けれど、こうなることを予想できなかったはずはない。そこまでしなくてはいられないほど、自分はおかしく見えたのだろうか。異常に見えていたのだろうか。ノエルは、あやめのことが何もわからなくなったように思った。けれどそう思ったところで、自分はあやめの何を知っていたのだろう、とも思う。様々に思い乱れ、ノエルは苦悶《くもん》した。

そんなノエルを、アレックスは表情の見えない静かな眼差しで眺めている。

「お前のことを心底気にかけている様子だったぞ。いつの間に、そんなに仲良くなっていたんだ」

「僕たちは……友達だったから……」

「ほう、友達か。やはり、私ではだめだったようだね。さぞかし、楽しかったんだろうな。『友達』との外出は」

ノエルがアレックスを父で、兄で、そして親友だ、他には何にもいらない、と言ったことを違《たが》えたと、アレックスは、腹を立てている。

ノエルは嘘をついたわけではない。本当に、そう思っていた。もちろん、アレックスがそう言われて喜ぶことも知っていたけれど、そのためだけに心にもないことを言ったわけではないのだ。

「アレックス……違うんだよ。僕は、アレックスに認めてもらいたくって、それで……」

必死に言い募《つの》るノエルに、アレックスは何も言葉を返さない。

ノエルが覚えず、縋《すが》りつくようにアレックスを見つめると、アレックスは怒りのためか、恥のためか、頬を赤くして頑に口を閉ざした。これ以上何かを言おうとすれば、それがアレックス自身の尊厳を傷つけると思ったのだろうか。

その日は一日、アレックスはノエルに一言も口をきかなかった。憤っている言動や表情などなくとも、アレックスが怒りの極《きわ》みにあることは、ノエルにもありありと感ぜられた。

こんなにも長い間口をきいてもらえないことなど初めてで、ノエルはひどくふさぎ込んで、今にも泣き出したいくらいだ。

（どうしよう……どうしたらいいんだろう……。まさかアレックスがこんなに怒るだなんて……）

これまで何をするにも一緒で、空気のように側にいて寄り添っていたアレックスにすげなくされ、突き放そうとする思いやりのない振る舞いに、ノエルはたった一日ですら我慢できなくなっていた。

それはまるで、女三《おんなさん》の宮《みや》に対する源氏の冷たい態度のよう。

ノエルは、源氏物語をアレックスの勧めるままに読んだときから、どうにもあのくだりだけは得心《とくしん》がいかずに、「どうして彼女は何も悪いことをしていないのに、源氏に疎《うと》まれなければならないの？」と、アレックスに訊ねた。

彼女の過失といえば、あまりに無垢な子どもだったために、不用意に夫以外の男に姿を見られてしまったことだけだ。一方的な愛を囁かれ無体《むたい》を働かれ、子どもまでできてしまって、いちばん哀《あわ》れまれるべきなのは彼女であるのに、物語の中では批難ばかりされ、一片《いっぺん》の同情もない。ノエルにとって、それはあまりにも、理不尽なことのように思えたのだ。

アレックスは、「この時代では、高貴な女性は常に御簾《みす》の奥に姿を隠し、たとえ身内であっても、限られた者にしか顔を見せることができなかったんだ。女性には権利はなく、自由もない。だから彼女たちは自分自身で自らを隠し、守らなくてはいけなかった。それを怠ったことは、軽率で、愚かなことだ。そして、この世は前世の因縁ですべての運命が決まっていると考えられていた。だから彼女の哀れな運命は、彼女自身の咎《とが》であると含めるところもあったのだよ」と答えた。

それでも、ノエルには承服《しょうふく》できない。なんとなく嫌な感じがして、そのために亡くなってしまう柏木《かしわぎ》も滑稽に思えていた。アレックスはそれを見て、「ノエル。古典は、その時代の風俗《ふうぞく》、世相《せそう》を鑑《かんが》みて読まなければいけない。現代の常識でとらえてしまっては、そのものの価値もなにもわからなくなってしまう。それほどつまらないことはないのだから、その時代の人の気持ちになって読むといい」と諭《さと》した。

ノエルはこれまで、アレックスとの生活の中で、それを無意識のうちに実践していたといっていい。彼はアレックスの世界の中で、アレックスのルールに従って生き、アレックスの心のままに振る舞った。それがどんなに世間の常識から外れたことであったとしても、ノエルは気にも留《と》めない。むしろ、世間を知ろうとすることが、アレックスの意に反するのだと知っていたからだ。

しかしひとたびそこから逸れてしまったとき、ノエルはアレックスの世界の中から弾き出されてしまった。そこには、人並みの常識や良識はない。この屋敷でアレックスが白を黒と言えばそれは黒なのだし、それが白に見えてしまうことの方がおかしいのだから。

「アレックス、どうか許して！　もうあんなことはしないから、お願いだから、僕を許して！」

ノエルは矢も楯《たて》もたまらず、アレックスの前に身を投げた。そうする他に、主人の許しを得《う》る手段を、ノエルは知らなかった。

夕食の間も無言で、ただひたすらワインを飲み、食事がすむとさっさと書斎に引っ込んでしまおうとする主人の足下に、ノエルは土下座をするようにうずくまって、犬のように縋りついた。

アレックスと出会ってからこれまで、こんな仕打ちを受けたことはなかった。ノエルは深く傷つき、絶望していた。

アレックスがノエルの世界のすべてなのだ。彼がいなくては、ノエルの存在など霞《かすみ》も同然の正体のないものになってしまうのだ。

少しでも外の世界に色気を出した自分が愚かだった。アレックスと共にあるだけで幸福だったというのに、これ以上の何を望んでいたのだろうか。

「ノエル。立ちなさい。はしたないことをするんじゃない」

その声はいまだ冬の北風のように凍《い》てついている。ノエルは震えながら立ち上がり、それでも振り払われまいとするように、必死でアレックスの逞《たくま》しい胸に腕を回して抱きついた。アレックスは厭《いと》わしそうにため息を落とす。

「やめなさい。お前はもう、子どもじゃないんだろう？」

「子どもじゃない。もうすぐ十六だもの。でも、僕はずっとアレックスの子どもだ。アレックスが、僕を拾ったんだから」

くぐもった涙声で訴えると、アレックスの吐息が僅かに乱れる。

「アレックスは僕の父さんで、兄さんで、親友だ。以前も言ったよ。アレックスは、僕のすべてなんだ。アレックスに嫌われたら、生きていけない」

「私が、お前のすべて……?」

アレックスの大きな手が、ノエルの黒髪に添えられる。

「お前は、私のものだと、そう言うのか」

ノエルは涙を溜めた目でアレックスを見上げ、頷いた。

アレックスの機嫌を直すためなら、元の優しい主人を手に入れるためならば、何でもする——ノエルはそういう心づもりだった。

その胸のうちを見極めようとするように、アレックスはノエルの瞳をひたすらに凝視する。

「お前は私が拾い、私が育ててきた私の大切な宝だ……。私以外の者の色に染められることなど、あってはならない。私以外の者に影響されてはいけない」

アレックスの厳《おごそ》かな言葉に、ノエルはただ幾度も頷く。

それは、神の言葉だ。もう二度と逆らってはならない、天からの啓示《けいじ》なのだ。

「お前は一度私の手の上から転げ落ちようとした。けれど、戻ってくるのだな？　本当に私のものに、なるというのだな？」

アレックスの瞳の蒼に吸い込まれるように、ノエルは深く頷いた。もう二度とアレックスを裏切らないという気持ちを伝えるために、ノエルはアレックスのすべての要求を呑《の》み込むつもりでいた。

その純真で懸命な様子に、アレックスの頬に一瞬、痛ましい色が過《よぎ》る。けれどそれもすぐに、アレックスの激しい抱擁で、見えなくなった。

ノエルは、深く安堵し、涙に濡れた頬を、アレックスのジャケットに押しつけた。

純白の衣

聖誕祭《ノエル》がやってきた。この日は、アレックスとノエルにとっては世の人々以上に特別な日だ。

屋敷の広間には本物のモミの木が運び込まれ、煌《きら》びやかなオーナメントで飾り立てられ、屋敷の至るところは色とりどりの装飾で彩られて、屋敷の者たちは皆浮かれて生き生きとしている。あやめがいなくなって以来、こんなにも屋敷が明るくなったことはないかもしれない。

厨房につめる者たちは、この特別な日のために腕をふるい、もうひと月も前から下準備を始めている。アレックスは日本の屋敷では日本人を雇うと決めているので、使用人はすべて日本人だ。それでもやはり毎日の食事には食べ慣れた西洋料理の心得《こころえ》のある者がよいと、フランスのホテルに勤めた経験のあるコックを初めとした、優秀な料理人を揃えていた。

屋敷によい匂いの漂《ただよ》い始めた時分、アレックスはノエルを呼び寄せ、銀の包装紙に紫色のリボンのかけられた大きな箱を渡した。

「これは私からのプレゼントだ」

「え、こんなに早く？」

毎年、夕食の後にプレゼントを渡されていたので、ノエルは驚いた。

「ああ、夕食の前に着替えて欲しかったからな」

「そうなんだ。ありがとう、アレックス！　開けてもいい？」

もちろん、とアレックスは頷く。西洋ではプレゼントは贈り主の目の前ですぐに開けるのが礼儀なので、ノエルはアレックスから何かをもらうといつもその場で開けるようにと躾《しつ》けられている。

箱を開いてみると、中からは純白の洋服が出てきた。襟に豪奢《ごうしゃ》な銀糸《ぎんし》の刺繍《ししゅう》が施《ほどこ》された白いジャケットに、膝丈の緩やかな膨らみのある白いズボン。白いシャツは胸元と袖口にふんだんにフリルが飾られ、首元には豊かなリボンが結ばれている。白いタイツに、白い靴《くつ》と、何もかもが真っ白な一揃えの衣装だ。ノエルは思わず感嘆の声を上げた。

「すごい。まるで雪に埋もれてしまうみたい」

「服を汚さずに食事をするのは大変だぞ？　くれぐれも気をつけてくれ」

「もしかして意地悪なの？　アレックス。でも、すごく素敵だね。まるでヨーロッパの貴族の服みたい」

なぜこんなに何もかもが真っ白なのかわからなかったが、ノエルは今年も変わらずにアレックスがプレゼントをくれたことを喜んでいた。あやめとのことがあったので、もしかして今年は何ももらえないのではないかと思っていたからだ。あの許しを乞《こ》うた日以降、アレックスは元の様子に戻ったように見えたけれど、心の中まではわからず、ノエルは気を揉《も》んでいた。

けれど、その不安に反して、今年はいつもに輪をかけて豪華な贈り物をしてくれたのだ。ノエルは喜んでプレゼントを胸に抱え、部屋に戻った。

（さて、僕の方はどうしようかなあ……）

ノエルはあやめと一緒に買ったビーチサンダルを、自ら真っ赤な包装紙に包み、緑のリボンをかけて、メッセージカードも添え、部屋にそっと隠してあった。毎年アレックスがくれるのと同じタイミングで渡そうと思っていたのに、先手《せんて》を打たれた形になってしまった。

（そうだ、部屋で着替えたら、食堂へ行く前に、アレックスの部屋にこっそりと置いてこよう。朝起きてみつけられるように、クローゼットの中にでもこっそりと隠して……）

ノエルはアレックスの驚く顔を思い浮かべて、わくわくした。明日の楽しいやり取りのことを想像しながら、着慣れない服に腕を通してみると、すべてぴったりとサイズが合う。間違いなく、アレックスがノエルのために特別に注文して作ってくれた洋服だったのだ。

(本当に、まるで貴族みたいな服だなあ)

姿見に映してみると、眩《まばゆ》いほどの純白に包まれた、いまだ子どものように細い手足をした少年が、所在《しょざい》なげに佇《たたず》んでいる。白い衣装のためか、照り返しで象牙色の肌は明るさを増し、そのために髪と瞳の濡《ぬ》れ濡れとした黒さが引き立っている。シルクのシャツは肌触りがよく、決して着心地が悪いというわけではないのだが、そのあまりに可憐なフリルが何となく気恥ずかしくて、ノエルは少し頬を赤らめた。

その瞬間、ふいに、ノエルの脳裏に妙な感覚が走った。

(ああ……いつもの、かな……)

ノエルはときおり、奇妙な感触を覚えることがある。それは、おかしな懐かしさだ。けれど、それを深く考えることはない。ただ、曖昧な記憶の残り香があるだけだ。もう、自分には必要のないものなのだから、早く消えてしまえばいいというのに。

姿見に向かって、ノエルは微笑みかけた。アレックスは、この姿を気に入ってくれるだろうか?

部屋を出て、まずアレックスの部屋にプレゼントを仕込んだ後、自分の格好におかしなところはないか気にしながら食堂へ降りてゆくと、アレックスはノエルの姿を見て目を輝かせた。

「ああ……なんて美しいんだ、ノエル。よく似合うよ。想像以上だ」

見れば、アレックスもノエルと同じように真っ白な服装をしている。ノエルのようにフリルのついたシャツではなく、白いタイを締めており、ズボンも膝丈ではなく足首まで隠れるものだが、その他はお揃いのように見えた。

「アレックスも真っ白なんだね」

純白の衣服に包まれたアレックスは、まるで天使のようだ。抜けるように白い肌と素晴らしい金髪とが一体となって溶け込み、輝くばかりに美しい。

うっとりと見とれるノエルの肩を、アレックスは上機嫌で抱いた。甘い香水の香りに包まれ、ノエルはその胸元に顔を埋めたくなる。

「そうだよ。今日は特別な日だからね」

「二人揃って真っ白だなんて、なんだかおかしいね。まるで結婚式みたいだ」

ノエルの言葉に、アレックスは不思議な微笑を浮かべた。

「さあ、席につきなさい。食事を始めよう」

二人がテーブルにつくと、使用人たちが次々に料理を運んでくる。まずは色とりどりのカナッペやスモークサーモンなどのオードブル、そしてカボチャを裏ごししたなめらかなスープ。セージなどのハーブやパン粉、タマネギ、松の実などを詰め込んで焼き上げられた七面鳥に、クランベリーソースや肝臓や心臓などを煮詰めたソースをかけたもの。じゃがいもやにんじんや豆などを蒸したものや、肉汁をたっぷりと閉じ込めたミートパイ……。

「毎年思うけれど、食べ切れないよ、アレックス。まるで十人くらいのためのディナーみたい」

　この夜ばかりは特別にノエルもワインを飲んで赤い顔をしている。飲むといっても舐める程度なのだが、デザートのプディングが出る頃には、もうお手上げとフォークを置き、ぐったりとして椅子の背にもたれていた。

「いつも食が細いね、お前は。今夜くらいもっとたくさん食べなさい」

「もう無理だよ……それに、やっぱりお酒も僕にはあんまり美味しいとは思えないんだ。なんだか体が熱くって」

　久しぶりにアルコールを口にしたためか、どんよりと視界が濁《にご》って、体が重い。内側から火照《ほて》ってくるようで、落ち着いて料理を楽しめる心地でもなくなっている。

（手元に力が入らない……このままじゃ、せっかくアレックスにもらった服を汚しちゃう……）

　不思議なくらい、意識が朦朧《もうろう》としている。毎年、こんなに酔っぱらってしまっていただろうか。少なくとも、こんなに気怠《けだる》い酔い方をしたのは初めてだ、とノエルは思う。

「眠いのか、ノエル」

「うん……少ししか飲んでないのに、ヘンだなあ……」

「食事中だというのに、困った奴だ」

アレックスは苦笑して、今にも椅子から崩れ落ちそうなノエルを優しく抱き上げる。

「ベッドに運んで差し上げましょうか。お姫様」

「ん……、ありがとう、アレックス……」

アレックスの逞しい腕が、いとも容易くノエルを運んでゆく。袖のフリルがフワフワと揺れて、ノエルの熱っぽい指先を柔らかくくすぐる。

ドアが重く開き、また締まる音が聞こえた。ノエルは優しくベッドに横たえられ、首元のリボンを静かに解かれる。

(あれ……？　このベッド……)

ふいに、体を包み込む、甘い香り。これは、いつもアレックスがつけている香水の匂いだ。そのときようやく、ノエルはここが自分の部屋でないことに気がついた。

「ここ……アレックスの部屋……？」

「そうだ。私のノエル」

アレックスの声が、低い。

「今宵《こよい》は特別な夜だからね。お前を私の部屋に連れてきた」

「どうして？　去年も、そうだったっけ……」

「いいや、違うよ。今年は、もう去年までと同じではない。今までで、いちばん、特別な日なんだ」

頬に、額に、柔らかな感触が落ちる。アレックスの熱い吐息が頬の産毛《うぶげ》をそよがせる。強く抱き締められ、頬ずりをされる。甘く睫毛を食《は》まれ、鼻先まで音をたてて吸われて、こそばゆさに僅かな震えが走る。

ノエルは体の熱を持て余し、潤《うる》んだ目をぼんやりと開けた。間近にあったアレックスの顔は、妙に真剣で、思いつめたように真っ直ぐな目をしていた。

ノエルはふいに、あの日の過失を思い起こす。完全に許されたと思い込んでいたけれど、間違いだったのだろうか。あの日のアレックスの激しい憤りを思い出し、ノエルは息苦しさに胸を喘《あえ》がせる。

「今年が特別なのは、なぜ……？　僕が……アレックスの言いつけを、破ってしまったから……？」

アレックスの小さく笑う声がする。熱い指先が執拗《しつよう》な動きで絶えずノエルの黒髪を梳《す》いている。

「そうかもしれないな……あやめを雇い入れてしまったのが、そもそもの過ちだった。やはり、若い女は問題を起こす……私とお前の間にさざ波をたてた」

ふいに、あやめの名前を出されて、ノエルは僅かな痛みを覚える。

「けれど今となっては、それも私たちがこうなる定めの、道程《どうてい》に過ぎなかったのだろう」

「どういう、こと？」

「幼く可愛い私のノエル……お前はなぜ、あやめがお前とのことを私に明かしたのか、わかっていないのだろう？」

ノエルには、アレックスが今さらそんなことを問う意味がわからない。男は少年の困惑《こんわく》を見て、おかしそうに頬を緩める。もう少しで唇の触れ合いそうな距離にあるアレックスの唇から、甘く熟《う》れた果実のような、深酔いするような酒の芳香《ほうこう》が漂い、ノエルの鼻孔《びこう》を濡らす。

「あの子は嫉妬《しっと》したのだ。私とお前の仲に……。あの子は、お前に恋していたのだよ」

「あやめが……、僕に」

そうなんだろうか。もしそうだったとしても、ノエルにはそれらしきものは何も感じられなかった。

天真爛漫で、誰からも好かれていたあやめ。ノエルも、彼女のことがとても好きだった。けれど、アレックスからあやめが自分と出かけたことを直接告げてきたと聞いて、ノエルは彼女のことがわからなくなってしまったのだ。以来、あやめには会っていないので、彼女の真意はわからない。

「僕なんかに、恋をしたから……あやめは、おかしなことをしてしまったのかな……」

「そうだ、ノエル」

アレックスは熱っぽい声で囁く。

「恋は人を愚かにする……。分別《ぶんべつ》も思慮《しりょ》も奪いさり、平生は間違いだとわかっていることでも、情熱に突き動かされ、過ちを犯す……」

ノエルは、その熱い手が、頬を、唇を、首筋を撫でるのを、忙しない息の下で感じている。あまりに熱くて、息が上手くできない。風邪でも引いてしまったのだろうかと訝るほどの熱気に包まれている。

「美しいな、ノエル……。今宵のお前は、まるで淡雪の精のように可憐で、いじらしい」

飽きもせずにじっと横たわるノエルの上に夢見るような視線を注ぐアレックスに、ノエルは赤くなっているであろう顔を見られたくない。絶え間なく肌をなぞる指先の感触に恍惚となりそうになるのを、危《あや》うくとどめている。

「あまり、触れないで、アレックス……。僕、すごく熱いんだ」

「そうだろうな。お前のここが、こんなになって」

アレックスの大きな手に下腹部を包まれて、ノエルはあっと声を上げた。

(どうして……？　僕、いつの間に、こんなことに)

今まで、気づかなかった。アレックスの手の中にある自分自身は、明らかに熱を持って形を変えている。僅かな力で握り込まれ、甘い快さがじんと爪先まで走る。

ノエルは焦《あせ》った。朦朧とした意識のなか、その手から逃れようと身をよじる。あさましい欲望を主人に晒《さら》してしまったことにひどく慌てている。

「ご、ごめんなさい、ごめんなさい、アレックス」

「なぜ謝る」

「ぼ、僕は……こんなにはしたないことになっていたなんて、知らなくて」

「ノエル。お前は、自分を慰めたことはあるか？」

突然、思いもかけない直接的な問いかけを投げられて、ノエルは唇を震わせた。

ひた隠しにしていた自慰《じい》。アレックスの理想の『ノエル』でありたいと願い、無垢な子どもを装い続けていた日々。

それなのに、こんな風に当の本人の目の前でこの状態になってしまっては、もう子どもであることを装うこともできない。ノエルは気が動転して、涙をほろほろとこぼした。

「ごめんなさい……」

「だから、なぜ謝るんだ……私は怒ってなどいない」

「で、でも……アレックスを、失望させた」

「失望などしていないさ。誰がお前に失望するものか」

アレックスはノエルの頬に流れる涙を優しく舐めとり、下腹部を撫でる手はますます執拗になってゆく。

「さあ、気を楽にしなさい。私にすべてを委ねるんだ」

「ア、アレックス……っ」

手早くズボンとタイツと下着を抜き取られ、下肢《かし》を素裸にされて、ノエルは恥ずかしい場所のすべてを晒された。

大きなアレックスの手の中で、幼いノエルはいとも容易く上りつめてゆく。

「だ、だめだよ、アレックス、やめて……」

「我慢しなくていい。出しなさい」

「だめ、やめて、恥ずかしい、お願い、やめて……っ」

ノエルの懇願に、アレックスは少しも耳を貸さない。破裂寸前の雄しべは先走りをしとどにこぼし、くちゅくちゅと耳を塞ぎたいような音を立てている。

その動きは初心《うぶ》なノエルにはあまりに巧《たく》みだった。蜜を絡めた指で幹《みき》を扱《しご》き、いたいけな先端を揉まれ、小さな鈴口《すずぐち》をくすぐられて、ノエルはすぐに何も考えられなくなってしまう。身を震わせて、消え入るような声で喘ぐ。

「ああ、だめ、アレックス、もう、もうっ……」

「出しなさい。大丈夫だ。このまま出しなさい」

アレックスはノエルの射精が近いのを見て、一層激しく攻め立てる。

ノエルは、すぐに、達した。声もなく、一瞬の間に腰を震わせて、アレックスの手の中に情欲のほとばしりをあふれさせた。

その衝撃に、しばらくノエルの頭は真っ白になり、ただ呆然としていた。

薄く開いたノエルの唇にアレックスは自らの唇を重ねる。そして、淡く吸った後に、舌をするりと差し込んだ。

「ん……、ふ」

靄《もや》のかかったような意識の中で、ノエルは遠い昔のことを思い出している。日本人形のような格好をさせられて、アレックスにキスをされた、あの幼い日のことを。

(僕はまた……アレックスに、女の子と間違われている……?)

けれど、アレックスは今しがた、ノエルの男の証を愛撫《あいぶ》したばかりだ。間違えようはずもない。

アレックスの舌はノエルの歯列をなぞり、歯ぐきを舐め、上顎《うわあご》の裏をくすぐり、舌に絡まりもつれた。プディングと、ワインの味がする舌で口の中を舐め回され、ノエルはさらに酔いが深くなったように、目眩《めまい》のするような酩酊を覚えた。

「ノエル……私のノエル……」

アレックスはノエルの唇を貪る合間に、蕩《とろ》けるような声で喘ぐ。

「ああ、なんと甘美な唇だ……なんと麗しい肌だ……。お前はまさしく私の宝だ、ノエル……」

ノエルのシャツはいつの間にか胸のボタンを外され、ほとんど全裸に近い格好になっている。アレックスの大きな手は戦慄《おのの》きながらノエルの全身を愛撫している。あまりに心地よいその感触に、口を吸われながら、ノエルはうっとりとして酔い痴《し》れている。
（眠ってしまいそうだ……それなのに、体が熱くて……ああ、きっとまた、僕は催《もよお》してい
る……だって、アレックスの手がとても気持ちいい……）
手の中に射精をしてしまってもノエルを叱らず、それどころか喜びもあらわにノエルの
体を撫で回すアレックスに、夢うつつのノエルは抗《あらが》えない。
ノエルの唇を嫌というほど味わい尽くしたアレックスは、その首筋を辿《たど》り、鎖骨《さこつ》を甘噛
みし、そして胸の先端に吸いつき、そこを舌先で弄《もてあそ》ぶ。
「ん、……アレックス……」
「可愛いね、ノエル……愛らしい小さな果実だ……」
甘く囁きながら、アレックスはそこから唇を離さない。もう片方を指先で転がし始め、
ノエルはいまだかつて覚えたことのない、むず痒《がゆ》いような、甘酸っぱいような、不思議な
快感を覚える。
（ああ……、なんでそんなところが気持ちいいんだろう……お腹の奥が疼《うず》く……ああ、固
くなってしまう……）
ノエルはますます前が屹立《きつりつ》するのを覚え、息を乱す。ツンと尖ったそこをアレックスは
指と舌で執拗にこね回し、ノエルは首を打ち振ってその感覚を持て余す。
体の隅々《すみずみ》まで探られて、ノエルは様々に花を咲かせてゆく。自分でも知らなかった感覚

を次々に呼び起こされ、魂までも形を変えてしまうような心地になっている。

「気持ちいいんだね、ノエル……こんなになって……」

「あっ、んんっ……」

再び芯《しん》を持ったものをそっと撫でられて、ノエルは腰を震わせた。アレックスはおもむろにノエルから少し身を離すと、何か液体のようなものの入ったボトルをサイドボードから取り出し、その中身を手の平にとろりとこぼした。

「ノエル……これは私たちの儀式なのだ。お前が、すべて私のものになるための……」

噛んで含めるように囁きながら、アレックスはノエルの腰の下に枕を押し入れ、脚を大きく開かせる。すでになすがままのノエルは、尻に奇妙な感覚を覚え、小さく声を上げた。同時に、勃然《ぼつぜん》としたものをぬるりとした温かなものに包まれ、そのあまりに鮮烈《せんれつ》な快さに、甘い息をこぼさずにいられなくなる。

「あっ……、あ、アレックス……っ」

見てみれば、アレックスが自らの股間を口の中に収めている。ノエルはその光景にさすがに驚き、思わず腰を引こうとするが、がっちりと押さえられて動けない。

（そ、そんな……口の中に、入れてしまうなんて……アレックスの、口の中に……）

驚きに硬直しかけた体は、その恐ろしいまでの快楽に、すぐに儚《はかな》い雪のように溶けてゆく。手で愛撫される以上の甘美な悦楽《えつらく》に、ノエルはますます血の気《け》をのぼらせ、まぶたまで赤く染めて、肌を火照らせる。

「可愛い……ノエル……ああ、なんと甘やかな味わいだ……」

アレックスは丁寧に、執拗に、ノエル自身を愛撫する。

尻に感じていた違和感が、少しずつ大きくなってゆく。くちゅりくちゅりという濡れた音をさせて、アレックスの指がノエルの中で蠢《うごめ》いているのだ。

最初は異物感と妙な心地しか感じなかったその蠢きに、じわじわと、これまで経験したことのない気持ちよさが伴い始める。臍《へそ》の方を強く押し上げられるたび、目の裏で白く光が弾けるほどの快感があふれるのだ。

「うう、ふ、んうう……」

気づけば、ノエルは小鼻を膨らませ、汗でしとどに濡れながら、甘い声を上げていた。

アレックスに咥《くわ》えられ巧みに吸われるペニスが気持ちいい。尻の中を愛撫されるのが気持ちいい。嵐のような快楽に揉まれる可憐な花のように、ノエルはただ身悶《みもだ》え、喘いだ。

(どうして……？　どうしてこんなに気持ちいいことをするの……？)

アレックスはこれが「儀式だ」と言っていた。今夜が特別な夜である、ということに、関係しているのだろうか。

考えようとしても、思考は散り散りになり、とりとめもない言葉の断片になりこぼれ落ちる。あらゆる場所を暴《あば》かれたノエルの幼い肉体は、雨あられと注がれる愛撫の波に呑み込まれ、輪郭《りんかく》までも失ってしまいそうなのだ。

まるで、甘い甘い夢を見ているような気がする。現実感のまるでない、目覚めればすぐに消えてしまいそうなほど正体のない、噎《む》せ返るような快楽の夢だ。

「ノエル……私のものになってくれ……」

アレックスの囁きが、近い。ノエルがぼんやりと濡れた目を開くと、焦点の合わないほど近くにあるアレックスの顔が迫っている。再び唇を甘く吸われ、くるおしく舌を絡められる。

脚を抱え上げられ、アレックスの肌が密着している。その感触に、ノエルは彼も裸になっていたことを初めて感じた。

次の瞬間、甘く蕩けていた下腹部を、重い衝撃が襲う。ぐじゅり、と大きな水音が漏れ、ノエルは目を大きく見開いた。

「あっ……？　あう、あ、うう……っ」

とてつもなく大きなものに侵入される感覚に、ノエルは生理的な呻《うめ》き声を漏らす。何かが、自分の中に分け入ってくる。太い杭に穿《うが》たれている。脈打つものが捩《ね》じ込まれてゆく。

「ああ、お前の中は、とても熱い……、ノエル……」

アレックスが、苦しげに唸《うな》っている。

「熱くて、きつい……、ああ、素晴らしい、天にも昇る心地だ……」

「ア、レックス、苦しいっ……」

「少し、我慢してくれ、ノエル……すぐに、慣れる……」

「う、ううう っ……!」

ずん、とさらに奥まで埋められて、ノエルは息も絶え絶えに喘ぎ、シーツを強く握りしめた。尻に押しつけられる、固く熱い筋肉。ノエルは、何が起きているのか、ようやく朧《おぼろ》げに悟った。

(あ……、まさか……僕の中に、アレックスが……)

アレックスも、自分と同じように屹立させていたのだろうか。何もしていないというのに、なぜなんだろう。ぼんやりとした疑問がいくつも浮かぶが、ひとつもまとまらずに、ノエルはアレックスの熱を感じている。

(これが、儀式……? 僕が、すべてアレックスに捧《ささ》げるための……?)

どうして、こんなことをしなければならなかったのだろうか。自分たちは父と息子であり、兄と弟であり、そして唯一無二の友であったはずなのに。

「ああ、ノエル……私のノエル……」

アレックスは酩酊したように喘ぎ、奮い立ち、ノエルを思うさま揺すぶり始める。無垢な粘膜《ねんまく》は男の欲望に蹂躙《じゅうりん》され、用いられた粘り気の強いぬめりによって、まるで女の道のように逞しい剛直《ごうちょく》を受け入れる。

「あっ、ああ、はあっ、あっ」

わけもわからぬままに、ノエルは男の逞しい背に縋《すが》りつき、押し込まれ、引きずり出され、揉まれ、吸いつかれて、泣いている。

普段は蒼白いほどのアレックスの肌が、薔薇色に染まっている。ノエルの名を呼びながら、しきりに唇を貪り、腰を打ちつける動物的な動きが、平生の静かで紳士的な彼の姿とはあまりにかけ離れ、ノエルはますます混乱する。

こんなにも野卑《やひ》な動きをしているというのに、アレックスの麗しさ、品位は少しも損なわれていない。その眩い金髪が、汗に濡れて頬に張りつく様も、夢のように妖しく、美しい。かぐわしい香水の匂いと、アレックスの男のにおいとが混じり合い、少年の悩ましい惑乱《わくらん》を一層みだらに掻《か》き立てる。

突きたてられた場所が熱い。燃えているようだ。あられもない水音の鳴り響く狭間《はざま》の道は、次第に苦しみだけではない、逃げ出したくなるほどの暴力的な快楽を覚え始める。

「ふあ、ああっ、あ、アレックス……っ」

「ノエル、ああ、私は、もう、たまらない……！」

アレックスはものぐるおしい素振りで、いよいよ荒々しい動きでノエルを揺すぶる。

ノエルは水のように、ただアレックスの動くままに、その身を任せている。抗わずに荒波に揉まれていれば、自ずと体の内側から快さが涌き起こり、ノエルを攫って押し流して

ゆく。

(あ……僕が、僕でなくなってゆく……違う何かになってしまう……)

追い詰められるように、急《せ》きたてられるように、ノエルは息も絶え絶えに胸を喘がせた。アレックスの分厚い体に押し潰《つぶ》され、長大なものを捩じ込まれ、獣のように揺り動かされて、ノエルは立て続けに花火の打ち上げられるような衝撃に気も失わんばかりである。

「ああっ、ひい、あ、ああっ……」

「ノエル、ああ、ノエルっ！」

アレックスは喉を震わせ、少年を強く抱き締め、全身を硬直させた。

ノエルの奥処《おく》に、夥《おびただ》しい欲望がほとばしる。嵐のような動きが静まり、ノエルは内側にあふれるアレックスの精の感触を呆然と味わっている。

「ああ……死んでしまいそうだ……私のノエル……」

陶然《とうぜん》とした男の声の震え。ひっきりなしに注がれる甘い口づけ。

ようやく、ノエルはこの行為が何であったのか、朧げに理解し始めていた。それは、通常ならば、恋人たちや夫婦がするような、愛の行為――。

「だめだ……とても、一度では終われない……」

再びアレックスが動き始めるのを、ノエルはただ受け入れるしかない。狭間を伝って、アレックスの精がしとどにあふれ、こぼれ落ちてゆく。

「ノエル……私のノエル……」

アレックスは、壊れた機械のように繰り返す。その甘い呻きを聞きながら、ノエルは夢とうつつの境《さかい》へと落ちてゆくのだった。

＊＊＊

聖誕祭の夜に、ようやく静寂《せいじゃく》が訪れた。

熱病のようなノエルの火照りは、いつの間にか去っている。冷静に立ち戻ったノエルは、夕食のワインに、アレックスの意図が滴っていたことを悟った。

数度埒《らち》をあけた後も、アレックスはノエルを離さない。逞しい腕の中に固く抱きとめ、矯めつ眇めつその顔を見つめては、可愛くて仕方がないというように熱烈な口吸いを繰り返している。

ノエルも、今までにないほど近くにあるアレックスの顔を、情事に疲れ果てた眼差しで、まるで初めて見る男のように、観察した。

自分や使用人たちとはまるで違う、彫《ほ》りの深い顔立ち。ぬくもりがあるとは思われないほどの蒼白い頬には、金色の産毛が光っている。ともすれば情のないように見える薄い唇は、今は血の気を帯びてなまめかしく、飽《あ》かずにノエルの小さな唇を包み、濡れた舌を奥までそよがせる。そして、その蒼い宝石のような鮮やかな瞳――。

（初めてアレックスに出会ったとき……この瞳に、僕は魅せられていた……）

突然現れた遠い異国から来た男。彼は、みすぼらしい身なりをしたスリの子どもを、拾って育てると言い出した。

そう、あのときから、アレックスはノエルの神となった。神の作ったルールの中で、ノエルは神の愛と幸福に包まれ、生きてきた。

けれど、こんなことになろうとは、露《つゆ》ほども予想していなかった――。

「何を考えているの」

自分をひたすらに見つめるノエルに、アレックスは微笑みかける。

「初めてだったのに、無理をさせてしまったね。思いやりがなかったと、今さら後悔しているよ」

「なぜ……」

ノエルは掠《かす》れた声をこぼす。

「なぜ、こんなことをしたの」

その幼い口ぶりに、アレックスは愛おしさをこらえるように、目を細める。

「愛しているからだ」

「僕は……アレックスを、家族と思っていたのに」

「私もそう思っている。お前は私の子どもであり、弟であり……そして、大切な伴侶《はんりょ》なのだよ」

「はん、りょ……？」

伴侶とは、妻のことではないか。ノエルは男であり、妻にはなれない。それなのに、アレックスは少しも疑問に思っていない様子で、ノエルを伴侶と呼ぶ。

「今夜贈った衣装は、お前の花嫁衣装だ」

ふいに、ノエルは自分が「結婚式みたい」と口走ったときの、アレックスの不思議な微笑みを思い出した。

（それじゃ、あの衣装は……本当に、結婚式のためのものだったのか）

今夜は特別、とアレックスは繰り返し言っていた。ノエルは、その本当の意味をわかっていなかった。

「お前は私の花嫁だ、ノエル。私たちは結婚したのだ」

「アレックス……そんなの、無理だよ」

とうとう、ノエルは小さな声を上げる。

「僕は男だよ。わかっているでしょう？」

「もちろんだ。けれど、今やお前は私の養子。私の家族。私の妻になって、一体何の不都合があるというのだ」

アレックスの世界で、彼がこうと決めれば、それはもう覆《くつがえ》らない。

初夜の儀式はすでになされてしまったのだ。今さら、ノエルにはどうすることもできない。元通りの関係に戻ることなど、到底無理だ。

少年は困惑して、瞳を潤ませる。

「どうして……今日なの？　どうして、急に」

「ノエル……」

壊れものを扱うように、アレックスはそっとノエルの頬を大きな手に包み込む。

「急にではないよ。私はこの十年間、ずっと耐えてきたのだ」

その声には、しみじみとした感慨《かんがい》が滲《にじ》んでいる。

「幼いお前に私の荒々しすぎる愛を押しつけるのは、哀れだった。せめて、お前が成熟し、分別のついた頃に、この想いを打ち明けようと思っていたのだ」

「それじゃ……僕を拾ったときから？」

「一目で魂を奪われたよ」

青い瞳は、当時を思い出すように遠くを見る。

「初めて降りたった念願の日本の地で、初めて触れ合った存在がお前だった。お前を一目見た瞬間に、私の頭に荘厳なオーケストラが鳴り響いたのだ。お前は眩く光り輝いていた。天使が舞い降りるのが見えたよ。即座《そくざ》に、私たちの幸福な未来が見えた。クリスマスの、そして私の誕生日の、神からの贈り物だと直感したんだ。お前がそれまでの記憶を失っていたことも、私が特別な日に日本へ渡ったのも、すべては運命なのだと」

　ノエルも、あの日のことを覚えている。やはり、運命だと感じた。自分は、世界一幸運な子どもだと思った。アレックスは、何も持たなかった自分に、あらゆる幸せをもたらしてくれたのだ。その日のことは、忘れようはずもない。

　それだけに、こんな日がくるなどとは、思いもしなかった。

「美しいノエル……お前は特別な子どもだった。あまりにも美しく、そしてあまりにも深く私の心に入り込んだ。私はお前を一目見たときから、もう二度と手放せないと思ったのだ」

　熱く想いの丈《たけ》を語り続けるアレックスは、ただ黙り込んだままのノエルを見て、少し困ったように微笑した。

「少しは気づいているかと思ったのに……ただ慈しみ育てるためだけの相手を、『紫の上』などと呼ぶと思うの？」

　ノエルとて、何も気づいていなかったわけではない。幼い頃に口づけをされたあの日、ノエルはアレックスの想いの一端《いったん》を見たように思ったものの、それはいっときの衝動だと片付けていた。

（もしかして……子どものままでいたかったのは、アレックスのためではなく、僕自身の

めたのだろうか)

さまよい続けるノエルの心は、自分でも気づかなかったその本心を、朧げにひもとき始める。

無邪気に見えるように。無垢のままであるように。

そう心がけてきたのは、アレックスが常に自分にそう望んでいるからだと思っていた。けれど、それはもしかすると、ノエル自身が無意識のうちに、そうあるべきと決めていたからなのかもしれない。アレックスの目に子どもと映るように――主人の危うい心を、再び呼び覚まさぬように。

アレックスは、ノエルにとっての、父であり、兄であり、友だった。決して、こんな風に情欲を交わす恋人ではなかった。幼心《おさなごころ》に、アレックスの欲望を感じ取り、そこから離れようとしていたのだろうか。

「私は待った。辛抱強く、待っていた。それはもう、気の遠くなるほど、長い年月だったよ……」

アレックスの声は、ようやく想いを遂《と》げた男の感慨に濡れている。

「お前は、自ら外に出ることを欲した。私に認めて欲しかったと、そう言ったな。私は、時がきたと感じたのだ。私の忍耐も、もう限界を通り越していた」

淡く唇を食まれ、愛おしげに口づけられる。何も答えられぬノエルをどう思っているのか、アレックスはただひたすらに口吸いを繰り返し、汗ばんだ肌を愛撫する。

ふいに、空気がしんと冷たくなる。薄く開きかかった濃緑のカーテンの狭間に見えるのは、ちらちらと舞い落ちる白いものだ。

「冷えると思ったら……雪が降っているな」

雪は、温暖な葉山には珍しい。クリスマスに降る雪はこの夜を楽しむ人々にとっては、さぞかしロマンティックなのだろう、とノエルは妙に寒々しい心地になる。

少年の肌は、冷える暇もない。

「もっとお前を感じさせてくれ、ノエル……」

ノエルを強く抱く熱い体は再び情欲の灯火《ともしび》を点じ、冬の嵐の中へと巻き込んでゆく。心の荒波の静まらぬままに、ノエルのまだ無垢な肉体は男に開かれ、快楽をこぼし、肌はかぐわしい汗に濡れそぼつ。

（僕は、アレックスの、妻……）

一夜にして変わってしまった関係に、ノエルはついていくことができない。これまでそうしてきたように、ただされるがままになり、従順に受け入れ、けれど心の中では混迷《こんめい》を深めている。

体と心が乖離《かいり》している。体はアレックスの与える快感を喜んでいるのに、心はやめてくれと泣き叫んでいる。アレックスがノエルを幼い子ども、美しい心と決めつけていたように、ノエル自身も、アレックスをこのようなことをするはずがないと決めつけていたのだろうか。自分は、アレックスの何を見てきたのだろう。すべてが思い込みのように思えてきて、何もわからなくなってしまう。

何もかもが、もう昨日までの日々とは違うのだ。そう思えば無性に悲しみがあふれ、涙となってノエルの頬を濡らす。これまでの優しく愛おしかった思い出たちが、柔らかな淡雪のように消えてゆくようで、切なさに少年の心は千々《ちぢ》に乱れた。

犯された——そんな風には思いたくないのに、そうとしか思えなくなっている。意思の疎通《そつう》もなく、無理矢理奪われた。ノエルが逆らう術《すべ》を知らないことをわかっていて、アレックスは行為に及《およ》んだのだ。自分の心が無視された。人形遊びをするように、ノエルは体を好きにされた。

「何を泣く、ノエル……私の可愛いノエル」

少年の体に溺《おぼ》れる男には、その悲しみのわけがわからない。

何もかもが変わってしまう。ノエルの思いもしなかった方向へ。

降り続く雪は一層聖夜の闇《やみ》を凍てつかせてゆく。空の白《しら》む頃には、一面の銀世界ともなりそうな気配である。

涙にかすむ窓の外をぼんやりと眺め、ノエルは男の熱を呑み込んで喘ぐ。

いっそこのまま心まで凍らせてしまえれば、と儚く思いながら。

アレックス

荘厳なオルガンの音色と共に、賛美歌が鳴り響いていた。

初めて抱いた愛おしい少年の肉体に、男は酔い痴れた。

十年間、想い続け、夢想し続けた肌だった。これまでに幾度、己の戒《いまし》めを破り捨てそうになったか知れない。それを、アレックスは鋼《はがね》の如《ごと》き忍耐で、長年こらえてきたのである。

だが一度走り出してしまえば、もう止まることはできなかった。その夜そうすることを決めていたアレックスは、ノエルの苦痛を少しでも和《やわ》らげるために媚薬《びやく》を使い、彼が夢うつつのうちに、うぶな体を開いてしまった。

少年の体は華奢な骨格に、しなやかな緊《し》まった肉をまとい、豊潤な若い香りをたくわえ、男の情欲を案外容易く受け入れた。そして、無垢だったのにもかかわらず、少年は快楽に喘ぎ、男を呑み込みながら、精をこぼしたのだ。

それがますます、アレックスを猛《たけ》りくるわせた。平生はさほど欲が強いというわけでもないというのに、己の下で乱れるノエルに、ほとんど我を失い、夢中になって、脇目もふらず執拗に貪った。

手ずから育て、自分の理想的な人間に仕立てあげた者を抱くのは、数多《あまた》の男が夢見る甘美な理想のひとつである。

はたして、ノエルはアレックスの思うままにすこやかに成長した。アレックスの遣う言語をすべて同じように操り、学問を学び、ヴァイオリンやダンスを覚えさせ、テーブルマナーやすべての淑《しと》やかな振る舞いを身につけさせて、気品ある優しい、どこにも瑕《きず》のない、美しい少年に育て上げた。

ただひとつだけ、不安なことがあったとすれば、それはノエルの記憶が戻ることだ。記憶を取り返してしまえば最後、ノエルはもう赤の他人の自分の許になど留まってはくれないだろう。幸福な日々を過ごしながら、そのことへの執拗な恐怖が、いつでも頭の片隅《かたすみ》にあった。

けれど、ノエルは記憶を取り戻さなかった。六歳までの彼は、消えてしまったまま、戻ってこなかった。

いまだにその不安は残っているけれど、もう十年も共に暮らしているのだから、ノエルにも情は生まれているだろうと信じていた。アレックスは、縋るように、祈るように、ノエルに惜《お》しみない愛情を注いだ。

大切に育てた一輪の花を、自らの手で摘み、愛《め》でる。十年間、ノエルを育んできた努力と献身《けんしん》と忍耐が、ついに実を結んだのである。

男は、少年が自分に従う他ないことを知っていた。そう育てたのだから、当たり前だ。主人に逆らわぬよう、この屋敷が世界のルールなのだとその心に深く刻み込んだ。だから、その従順さを哀れとは思わない。無心にアレックスを慕うそのあまりに純真な心ばえを痛ましいと思うことはあるものの、自分が拾った子どもを自分の所有物であると考えることは、男の中で何の矛盾《むじゅん》もない、正当なものだったからだ。

これからお前は私の妻となるのだ、と言い聞かせ、ノエルが涙をこぼしたそのわけを、アレックスは知り得ない。いまだ混乱しているのだ、無垢だったのだから仕方がない、とそう考える他なかった。

けれど存分にノエルを抱き満足した後、深い眠りに落ちた男が幸福な夢を見、やがて目覚めたとき、夜にさんざ抱いた花嫁が腕の中から消えているのに気づいて、初めてその不《ふ》穏《おん》な空気に心がざわめき始めた。

「ノエル……どこへ行った？」

裸の肌にガウンを羽織り、部屋を見回す。どこにもいる気配がないので廊下へ出て、もしや自分の部屋に戻っているのかとノエルの部屋を訪れると、はたしてそのドアには鍵がかかり、中に部屋の主がいることを示していた。

屋敷から出て行ったわけではないと知って、アレックスは内心安堵する。しかし、ノックをしても返事がないのには焦りが募る。

「ノエル。ノエル。……いるのなら返事をしなさい」

アレックスの呼びかけにも、答えはない。まだ早朝のことなので、使用人たちはちらほらと起き始めているものの、あまり大きな声を出すのもはばかられ、アレックスは根気づよく穏やかに呼びかけ続ける。

「ノエル。ノエル……黙っていてはわからない。そこにいることだけでも、教えてくれ」

十分ほど、ドアの前にいただろうか。中で物音が聞こえ、静かに近づいてくる音がする。

「アレックス……僕はここにいる」

小さな小さな、声だった。

「一体どうしたんだ。なぜここを開けてくれない」

また、声が途絶《とだ》える。アレックスの心は焦りと苛立ちに高鳴っている。

「お前は自分で大人だと言ったんじゃないか。ここを開けなさい。子どもっぽいことをするんじゃない」

「それはできない……」

ドア越しのノエルの声音は、涙に濡れている。アレックスは息を呑んだ。

(どうして、泣いている。何が悲しいんだ)

男には少年の心がわからない。理解が及ばず、困惑する。

「アレックス……僕は今一人でいたい。一人で考えたいんだ」

「何を……」

「何を考えたらいいのかわからない。何も考えられないんだ。だから、落ち着くまで、一人にさせて。お願い」

ノエルがドアに寄りかかり、静かに泣いている気配がする。アレックスはそのとき初めて、深い悔恨《かいこん》に襲われた。

これほどに、ノエルが傷つくとは。これほどに、混乱させてしまうとは。

ノエルは、やはりまだいとけない子どもだった。年齢からいえばもっと大人びていてもいいのかもしれないが、アレックスが彼を世間の風にあてさせず、両手で包むようにして育ててきたのだ。あの巷で流行している不良の格好をした連中とも関わらせず、年頃の危うい楽しみにも触れさせず、品行方正《ひんこうほうせい》で、無邪気で、賢く優しい『若君』を作ろうとして、ノエルを教育してきたのだ。

やはり、性急すぎたか――そう思うものの、あやめとのことがあったために、アレックスは、ノエルがともすればこの手からすり抜けていってしまいそうな、煙のように消えてしまいそうな、危機感を持つようになっていた。一刻も早く、自分の刻印を刻み込まねばと――そのためには、この夜が丁度よいと、決めてしまっていたのだ。

いずれ、必ず起こすはずの行動だった。遅いか早いかというだけの違いだ。何度考えてみても、自分の行動が間違っていたとは思えない。一途《いちず》すぎる男は、そう結論づけることしかできなかった。

「わかった……お前の言う通りにしよう。だが、次に来たときには、きっとその顔を見せてくれ」

アレックスはようやくそれだけ言って、部屋に戻った。

夜にノエルを抱いたベッドに一人で座り、大きな両手で顔を覆《おお》う。心には物悲しいスラヴ舞曲の旋律が流れている。

（ノエルが恋しい。ノエルの顔が見たい。まだたったの数時間だけなのに、ひどく寂しい……心が冷たい……）

窓の外を見れば、夜に降り続いていた雪はやみ、まだ薄暗い空に仄《ほの》かな日の光が浮かんでいる。

アレックスが凍《こご》えているのは、冬の朝のせいではない。完全に自分のものにしたはずのノエルが、自分を拒絶しているからだ。

（俺の愛をわかっていないのだろうか……こんなにもノエルだけを想ってきたのに……十年間……すべてを、お前のために捧げてきたというのに……）

アレックスは日本に来てからというもの、翻訳の仕事を得てからは、敬愛する日本文学をいくつも英語に訳し世界に広めてきた。出版社の人間や文人たちと交流をし、日本文化への理解を一層深め、熱心に研究を重ねてきた。

それは彼の今まで描いてきた理想的な日本での生活だったが、何をおいても、手元で育てている美しい子どもの存在が、アレックスの日々の情熱を掻き立てていたのだ。

ノエルがいたからこそ、ますます日本が愛おしくなった。ノエルのために、アレックスは日本に留まる決意をしたのだ。

一度アメリカに帰り、遺産問題のいざこざの決着をつけすぐに戻ったとき以外は、アレックスは一日以上ノエルと離れたことはなかった。

遺産については、アレックスに目をかけていた長兄がいたために不公平な扱いはされなかったが、もはや複数の連載を抱え、数多の著書を上梓《じょうし》しているアレックスにとって、実家の財産に執着する理由などなかった。無論、初めからどうでもいいと投げ出して日本へ逃げてきた身ではあったのだが……。

(俺は一度、衝動に抗い切れずに、幼いノエルに無体を働きそうになったことがあった……けれど、そんなことは、あの一度きりだ)

あまりに可愛らしい顔をしていたので、拾ってきたばかりの頃、戯《たわむ》れに市松人形のような格好をさせたことがあった。ふざけて化粧などもほどこし、完璧な人形のようにしてしまったのが、悪かった。

束の間、アレックスは我を忘れて、気づけばノエルに接吻していた。その口づけが、いつもの挨拶《あいさつ》とは違っていたのを、ノエル自身も気づいたことだろう。

アレックスは己を強く恥じ、それ以来、ノエルに過剰に接するのをやめた。それまでは、共に入浴し、共に眠り、すべてのことを一心同体《いっしんどうたい》となって過ごしていたのだが、また衝動を抑え切れなくなってしまうのが、怖くなったのだ。

(俺は、辛抱強くなった。昔ならば、夢中になれば何も考えず、思うままに欲望を注いできた。けれど、それは相手が学問であり、物質であり、生きている存在ではなかったからだ……人相手にこれほど恋い焦がれたのは、ノエルだけなんだ)

これまで欲のために体を繋《つな》いだ相手には、何の気を遣う必要もなかった。関係を続けようとも思わなかったし、相手の心を手に入れたいとも思っていなかったからだ。

だからアレックスは、ノエルの心理がわからなかった。自分の心しか見えていなかった。

ひとしきり頭を悩ませた後、いつまでもこうしてはいられないと、アレックスはようやく立ち上がり、着替えるためにクローゼットを開いた。

「ん……？　なんだ、これは……」

思わず呟いた彼の視線の先にあったのは、リボンをかけられたプレゼントとおぼしき包みだ。見慣れた字で『アレックスへ』と書かれたメッセージカードが添えられているのを見て、それがノエルからのプレゼントだと気づく。

こんなことをしてくれたなんて、と驚きに打たれながら、アレックスはメッセージカードを開いた。

――愛するアレックス。今日という特別な日を、またあなたと共に過ごせたことを本当に幸福に思っています。いつまでも一緒にいてください。あなたのノエルより。……追伸このプレゼントは、僕とお揃いです。夏を楽しみにしています。

ノエルが自分で包んだと思われる紙を開くと、そこには何とも季節外れなビーチサンダルが入っている。ビーチサンダルは、わざわざアレックスの好きな紫を選んでくれたのだろう。

「ノエル……」

アレックスの胸は、ノエルへの愛で膨らみ、弾けてしまいそうだ。無邪気なノエル。可愛いノエル――このプレゼントをそっとここに隠したときには、その夜何が起きるかなど知りもしなかったはずだ。そう思うと、ますますノエルが愛おしく、哀れで、アレックスはノエルへの想いで溺れてしまいそうになった。

それにしても、とアレックスはビーチサンダルを眺める。

（こんなものを、一体どうやって手に入れてきたんだろう……）

これを買えるくらいの金は持っていたかもしれないが、ずっと屋敷にいるノエルにはそんな機会はない。使用人に頼んだ可能性もあるが、それならば今までもそうやってプレゼントを用意したはずだ。

優しいノエルは、彼らに余計な仕事をさせたくないと思ったのだろう。これまでのクリスマスの贈り物は、メッセージカードや庭の花だけだった。それが、どうして今年だけこんなものを用意できたのだろう。

もちろん、思い当たることはある。あの、あやめと出かけた日のことだ。

彼女がノエルとのことを告げに来たとき、ビーチサンダルを買ったなどとは言わなかったが、そう遠くに行ったわけではないことを思えば、これはそのときにそこら辺の履物屋で買い求めたものだと想像はつく。

あの少女と一緒に買ったのだと思うと、アレックスは嫉妬に苛《さいな》まれそうになるが、しかし、自分のことを思い、これを選んでくれたノエルを想像すれば、それは喜びと相殺《そうさい》され、ノエルへの愛おしさへと昇華《しょうか》されてゆく。

アレックスは試しにビーチサンダルを履いてみた。少しだけかかとが出るが、サンダルだから問題はない。何の変哲《へんてつ》もない代物だが、ノエルがプレゼントしてくれたものだと思えば、このまま使わずに大切にこの包装紙に包んで、ずっと飾っておきたい宝物になる。

アレックスは身支度を整え、再び、ノエルの部屋の前へ行った。

「ノエル……気分はどうだ」

返事はない。

プレゼントの礼を言いたかったが、とてもそんな状況ではなさそうだ。

アレックスは虚《むな》しさにため息を落とし、一人で食堂へ下りた。

昨夜二人で晩餐を楽しんだテーブルに一人でつき、執事に「ノエルの部屋に朝食を持って行ってやってくれ。気分が悪いらしい」と指示し、味のしないダージリンをゆっくりと飲んだ。

（これは……どのくらい続くのだろう）

ふと、そんなことを思い、悲しみに目の前が暗くなる。ここまですげなくされると、アレックスは本当に悪いことをしたような心地になってくる。なぜだ、あんなに大切に愛してやったのに、とノエルを恨むような気持ちにもなる。

けれど、何といっても、ノエルはまだ幼い少年なのだ。十六になったとはいえ、無垢な心に昨夜のことを受け入れるには、時間がかかるのだろう。

何度でもノエルの部屋へ行きたくなってしまう気持ちを抑え、アレックスは朝食を食べ、書斎へ行って仕事をした。けれど集中できるはずもない。

ノエルからの沈黙を何度も受け取って傷つきたくないという気持ちもある。せめて、ノエルが自ら部屋から出てくるまで待ってやろうと、アレックスは辛抱強くこらえた。

（俺は、十年も待った。たった少しのことくらい、どうとでもなるはずだ）

そう自分に言い聞かせるものの、一度味わったものの旨味《うまみ》は忘れ難く、気を抜けば昨夜のノエルのことばかりを考えてしまう。

ノエルの皮膚《ひふ》の感触、ノエルの悩ましい声、甘美な汗のかぐわしさ、火照った頬の愛らしさ、屹立した可愛らしい雄しべ、男を咥え込んだ場所の切なげな蠢き……。

「ノエル……」

呟く声に欲が混じる。抱きたい。今すぐ抱きたい。

昨夜のようにベッドの上で、幾度も幾度も口づけを交わしながら、汗も精も枯れ果てるまで、何時間でも愛し合いたい。

アレックスは反応しそうになる体をあさましく思い、必死で煩悩《ぼんのう》を追い払う。ノエルをすべて自分のものにしたというのに、一人で果てるなどという愚かなことはしたくなかった。

アレックスは懸命に原稿と向き合った。まったく進まなくても、仕事のことを必死で考え、頑にノエルの幻影を見まいとした。

苦しみながら机に向かううちに、夕食の時間が訪れた。食堂へ行っても、やはりノエルの姿はない。

落胆《らくたん》しながら、スープを持ってきた執事に、アレックスは訊ねた。

「ノエルの調子はどうだ。言葉は交わしたのか」

「いいえ。そこに置いておいて、と仰《おつしや》られましたので、ドアの外にお食事だけ置いて失礼させていただいたのですが……」

「きちんと食べた様子だったか」

「それが……」執事は困ったように口ごもる。「まったく、召し上がっていないようなのでございます」

「なに」

朝から飲まず食わずでいるということかと、アレックスは目を剝《む》いた。

「昼食もか」

「はい……」

執事も辛そうな表情を浮かべ、ため息を抑えかねた様子で、項垂れる。

「一度朝食を引き取りに上がりました際に、まだ手をつけられていないご様子でしたので、そのままにしておいたのです。ですが、昼食のお時間になりましたので、そちらをお運びいたしましたところ、朝食は召し上がっておられず……お声をおかけしてもお返事がございませんでしたので、朝食のお膳《ぜん》を下げ、昼食を置いてまいりました。けれど、先ほど見てまいりましたところ、やはりそちらもそのままで……これから夕食と入れ替えるところでございましたが……」

「飢え死にでもする気か」

アレックスは己の体を気にかけなくなってしまったノエルに、憤った。常になく苛立った様子で舌打ちし、運ばれてきたスープにも手をつけず、その脚でノエルの部屋の前へ歩いていく。

ドアの前には、執事の言った通り、昼の膳がまったく手をつけられないままに置いてあった。

「ノエル。どうしたんだ。本当に具合が悪いのか。まったく食べられないのか」

声を荒げそうになるのをこらえ、ドアをノックする。けれど、反応はない。

（まさか、本当に病気に……？　起き上がれないほどなのか）

ふいにベッドの上に突っ伏している蒼白い顔のノエルが頭に浮かび、アレックスはゾクッと寒気に身を震わせた。すると、怒りが突然恐怖に変わり、焦りとなり、思わず強くノックを繰り返す。

「ノエル……、ノエル！　頼むから返事をしてくれ。何も言わなければ、このドアをこじ開けるぞ！」

本当にこのまま何の反応もなければ、ここを蹴破《けやぶ》ってでも強引に入るつもりだった。ノエルを失うかもしれないと思うと、アレックスは今にも半狂乱になって悲鳴を上げてしまいそうになる。

アレックスのひどい焦りが伝わったのか、今度は、反応があった。

「やめて……アレックス」

ノエルの声が近くでしたことで、アレックスの恐ろしい予感は消え、足が萎《な》えそうになるほど、安堵する。どうやら、ノエルは歩けはするようだ。体に異常をきたしたわけではないらしい。

「どうしたんだ。食欲がないのか」

「うん……全然お腹が空《す》かないんだ」

「そんなわけはないだろう……食べなければ元気にもならないぞ」

「わかってる……でも、何も食べられない。今は、放っておいて……」

再び、声が遠ざかる。

アレックスは、しばらくそのまま棒立ちになっていたが、首を振って、その場を離れた。ここでノエルの意思に反し、強引に入っていったら、いつか本当にこの屋敷から出て行ってしまうかもしれない。それだけは、耐えられない。そんな事態だけは、避けなければならないのだ。

結局、昼食に手はつけられず、その後に運ばれた夕食も、ノエルはまったく食べていなかった。

いくら昨夜たくさん食べたからといって、一日何も食べないのはさすがにおかしい。ノエルは食は細いけれども、いつも三食の前には「お腹が空いた」と言って階下に降りてきたし、何も食べないということなど、風邪を引いたときですらなかったはずだ。

夜遅くに夕食の膳も下げられて、沈黙を守るドアの前に、アレックスは立ち尽くした。

（一体、どうすればいいんだ……）

まさか、このままずっと、ここを開けない気なのだろうか。これがもう一日、二日と続けば、ノエルは本当に餓死してしまう。部屋の中には、飲み物すらもないはずなのだ。

「ノエル……」

アレックスはドアに縋りつき、呟いた己の声の惨めさに、思わず涙を浮かべた。

「頼む、ノエル……ここを開けてくれ……」

やはり、返事はない。

そろそろ、我慢も限界だった。けれど、ここで無理矢理ことを起こしては、また同じことの繰り返しになる。そうわかってはいても、ノエルにこうまで拒絶されると思っていなかったアレックスは、初めての事態に途方《とほう》にくれ、自制心を失いかけていた。

気づけば、頬を熱い涙が伝っている。ノエルに嫌われては、疎まれては、もはやこの身は生きている価値もない。

「お前がこのままここで飢え死にするというのなら、私もこのドアの前で死ぬぞ」

大人げないことを言っているとわかっている。けれどもう、情に訴える以外の手段など思いつかないほど、アレックスも追いつめられていた。

こんな状態がもしもあと数日続くのなら、アレックスは自殺の手段など用いずとも、自然とここで息絶えてしまうのではないかと思われた。彼の絶望は、それほどに深くなっていた。

　ドアの前で崩れ落ち、声もなく泣いていると、ふいに、微かな音と共に、目の前の景色が変わる。

「あなたが泣いているのを、初めて見たよ」

「ノエル……」

　泣きはらした目をしたノエルが、泣き濡れた男を見下ろしている。

　アレックスは、呆然としながら、寝間着《ねまき》姿の少年を見上げた。たった一日の間に、ノエルの表情からは、子どものあどけなさが消えていた。

「そんな風になっても、悪かった、とは言わないんだね」

「悪かった……と？　そう、言って欲しかったのか？」

「アレックスがそう思っていないのなら、言って欲しくない」

　アレックスは突き動かされるように、ノエルを強く抱き締めた。少年は一瞬、男の腕の中で固く硬直し、そして、彼が何もしないと悟ると、少しずつ緊張を解いた。

「お前が、そんなにも嫌だったのなら……もう、しない」

　血を吐くような思いで、アレックスは告げた。

　本当は、嫌なのだ。十年間我慢してきた想いをようやく開放したのに、また閉じ込めなければならないほど、辛く苦しい拷問《ごうもん》はなかった。

けれど、そう口にしなければ、ノエルを一生失うかもしれないと思うと、決断せざるを得なかった。

「こんな風に拒絶されるくらいなら、その方が……ずっと、いい」

ノエルは、黙ってアレックスの言葉を聞いていた。その腕から逃げようとするのでもなく、抵抗するのでもなく、ただ静かに、アレックスに抱かれていた。

「怖かったんだ……」

ぽつり、とこぼれた声に、アレックスはどきりと胸を騒がせる。

「これからどうなってしまうのか……わからなかった。何も、見えなくなった。僕たちの関係がひどく変わってしまうようで……本当に、怖かったんだよ」

「ノエル……」

「怖かったんだよ……アレックス……！」

ノエルの手が、アレックスの背に回される。そのまま縋りつくように強い力で抱き締められ、アレックスのセーターはノエルの涙でしとどに濡れた。

アレックスは、呆然としていた。ノエルが、自分の腕の中で泣いている。

悲しいのは、ノエルの嘆《なげ》きが、そのわけが、自分にあるということだった。

(俺は、ノエルをこんな風に泣かせたかったわけではない……)

間違っていたのか。自分の愛は。ノエルへの想いは。

この気持ちは、抱いてはいけないものだったというのか。

(幼いノエルが成長するのを、ずっと目の前で見てきた……)

十年間、赤ん坊に毛が生えた程度の子どもだったノエルが、すくすくと育ち、色々なことを吸収していき、身長が大きく伸び、声変わりを経《へ》て、少しずつ大人に近づいていくのを、父親のような気持ちで眺めてきた。

(共に暮らしていれば、家族になる……父のような、兄のような情も生まれる……。だが、最初から、紛れもない、恋情《れんじょう》だったのだ……愛執《あいしゅう》は、もはや消せないほどに、俺の一部となった……いつか、伴侶にしようと……そう決めて、愛情を注いで、育ててきた……)

いつしかアレックスの中で当たり前となっていたその未来は、ノエルにはまったく想像もつかないことだったのだ。突然、主人が豹変《ひょうへん》したように見えて、少年は恐ろしかったのに違いない。

「僕を捨てないで、アレックス……僕と一緒にいて……」

ノエルは涙に濡れた声を震わせる。

捨てないで、とはこちらの台詞《せりふ》だ、とアレックスは思う。

ノエルはどういう意味でそう言っているのだろう。『子ども』としての自分を捨てないで、ということか、それとも、抱けなければノエルなどいらないとアレックスが思うと考えているのか。

「ノエル……お前のプレゼントを見たよ」

ノエルは潤んだ目でアレックスを見上げる。

「ありがとう……とても嬉しかった……お前の望みの通り、私たちは、ずっと一緒だ……」

二人は、泣きながらいつまでも抱き合っていた。ノエルがアレックスからいつまでも離れず、強くしがみついているので、アレックスはまたよからぬ気をそそられぬよう、苦心した。

ノエルを失わずにすんだと安堵する一方で、暗い絶望がアレックスの心に澱《よど》んでいる。

(俺はこれから……己を殺さなければならない……この気持ちを、どうにかして片付けなければ……消すことはできないのだから、どうにかして……)

抱けなければ側に置かないなどとは露ほども思わない。ノエルから離れず、けれどその気を起こさずにすむような環境を考えなければいけない。

本当は無理矢理監禁でもして体を繋げ、徐々に慣れさせ諦めさせる、という方法も考えた。けれど、今日のことがあまりにも予想外だったアレックスには、次にノエルが何をしでかすのかが恐ろしくてならない。

優しい、世間知らずの性格に育てたはずだった。アレックスの言うことを何でも聞き、従順にすべてを受け入れると、そう思っていた。

だから、ノエルがこんな強情な、思い切った行動に出たことが、アレックスには実のところかなりの衝撃だったのだ。

（もしも……万が一、自ら命を断つようなことでもあったら……）

想像するだけでも、足下から地面が消え失せ、奈落の底に落ちていくような心地がした。いけない、やはり、これ以上無理強いはできない。アレックスは改めてそう考え、これからのことを慎重に考えなければならなかった。

今はただ、腕の中にある大切な存在の温かさを、感じることができるのを、幸福に思いながら。

＊＊＊

翌日、アレックスは仕事で東京へ行かなければならなかった。

屋敷に残すノエルのことが気がかりで仕方ない。けれどかえって、お互いが一度冷静になるにはよい機会なのかもしれない、とも考えた。

アレックスは昼過ぎに東京へ出て、出版社の編集者と打合せを終えた後、喫茶店でとある男と会っていた。彼はいわゆる、諜報員《ちょうほう》——元は軍の人間だったが、今は人探しなどの探偵業をしている田川《たがわ》という男だ。四十半ばの穏やかで柔和な顔つきをしているが、やはりその前身《ぜんしん》ゆえか、どこか油断ならないような、鋭い表情をちらりと見せることもある。

彼とはかなり長い付き合いで、アレックスはこの男の仕事の腕を信用していた。元々は、軍の通訳をしていた頃の上官を通して紹介された繋がりなのだ。

「あなたとお会いするのも、随分と久しぶりですね」

「ええ、最初はひと月に一度でしたが、今では一年に一度、ということになりましたので……今回も、特に変わったご報告はございませんが」

田川は書類を目の前のテーブルに並べ、いくつかの写真をその上に重ねた。

「月命日《つきめいにち》には欠かさず墓参りもしていますよ。新しい旦那との間にできた娘さんはもう七歳になりました。下の子は五歳です。これは銀座で買い物をしている最中のものですね。こちらは奥さんが子どもを連れて実家に里帰りしているところです」

「ほう……」

写真には、愛くるしい顔をした娘たちをつれた、ごく普通の、幸せそうな家族が写っている。

(やはり、似ているな。ノエルは母親似だ……上の娘とも似ている。子どもの頃のあの子を見ているようだ)

アレックスは懐かしい気持ちでそれらを眺めた。そして書類にも目を通し、すぐに田川の方へ戻す。

「ありがとう。十分すぎるほどの調査です」

田川に労《ねぎら》いの言葉をかけ、アレックスはひと呼吸おいて、

「もう、十年経ちました。今回で、一度調査をやめようと思います」

と、微笑んだ。田川は特に驚いた様子もなく、ただ頷いた。

「そうですか……わかりました」

「いつもより多く包んでおきました。また何かありましたら、こちらからご連絡さし上げます」

アレックスは札束の入った封筒をテーブルの上へすべらせ、田川は頭を下げてそれを受け取った。

そう、もう十年が経つのだ。墓参りも欠かさないというし、新しい夫との間に子どももいる——娘二人というのがまだ少し不安だが、この時代、男の子がいなければいけないという家もそうそうないだろう。

アレックスが田川に定期的な調査を依頼していたのは、実はノエルの母親のことだった。ノエルの母親は、生きていた。そして、ノエルが盗みの集団に紛れていたあの辺りへ、子どもを捜しに来ていたのだ。

それは、アレックスがノエルを拾った、僅か一日後のことだった。アレックスが日本へ到着するのが、もしあと一日遅ければ、ノエルとは出会えなかったかもしれない。それは

あまりにも大きな、運命の分かれ道だったのだ。

アレックスは、ノエルの母親らしき女が子どもを捜していることを、あのときジープを運転していた兵士から聞かされた。進駐軍の関係者らしき男に連れ去られたという男の子が自分の子かもしれないと、兵士の一人を捕まえて訊ねていたというのだ。

その子はすでに記憶を取り戻し、きちんと親元へ返している、とアレックスは嘘を言わせた。母親は自分の子ではなかったのかと泣く泣く帰ったらしいが、それでも諦め切れずに、ずっとあの焼け野原を子どもを捜して歩き回っていたという。

ジョージはそのことを後になって知り、憤った。来日してまだ一年も経っていない、葉山の屋敷に移る前のことだ。

「本当の母親が生きていたっていうのに、お前はそんなことをしていたのか！　母親から子どもを奪うだなんて、鬼畜の所業《しょぎょう》だぞ！」

「そうかな。でも、みつけたのは俺が先だ。もう名前もつけてしまった。ノエルは俺のものになったんだよ」

「お前、犬じゃあるまいし、何を言っているんだ。親子は共に暮らすべきじゃないか。どうして、赤の他人のお前が引き裂くような真似をする！」

「ジョージ、落ち着けよ。俺だって門前払《もんぜんばら》いしてそのまま放っておいたわけじゃない。きちんと、彼女のことを調べているさ」

けた。

いきり立つジョージを宥《なだ》めるように、アレックスは顔色も変えず、とつとつと説明を続ける。

「ああ、そうだ」

「調べている……？」

「俺はノエルに十分な環境や教育を与えてやれる。だが、母親の許に戻したらどうなるか。俺はすでにあの子のことを家族のように思っているのだから、あの子に幸せな未来を用意してやりたい。クリスマスの日にああいう出会い方をしたんだ。神のお導きだよ。縁の深い間柄だし、その子を苦境《くきょう》に落とすようなことはしたくないと思ってね」

「アレックス……あのなあ……お前は、やっぱり少しおかしいよ」

ジョージは怒りを通り越して呆れた顔でかぶりを振る。

「どんなに貧しくたって、どんなに周りから不幸せに見えたって、子どもは母親といるのがいちばんだろうが。それに、こんな貧しい生活を送る人々だからこそ、家族が必要なんじゃないか。家族のために、希望も持てるし、懸命になることができる。お前の家族は、ボストンにいるだろう？　ノエルじゃない」

「実の家族のことは関係ない。俺は、ノエルに運命を感じたんだ。あの子は俺のもの。俺はあの子の幸せを願っている」

「だからな、アレックス。ノエルはお前のものじゃない。人間の子どもなんだ、拾ったからってお前のものになるわけじゃないぞ」

「ジョージ。ノエルがものじゃないのはもちろんわかっているさ。けれど、記憶を失ったノエルの戸籍も住民票も作ってやったし、俺が保護者としてきちんと認められている。公的にだ。どのくらいの戦災孤児がこんなに幸福な境遇にあると思う。普通ならたとえ家族がいても貧しい暮らししかできないし、保護者がいなければ大概が餓死するんだぞ。この戦後の混乱期に、俺が拾ってやったことがノエルにとってどれほど幸運なことだったか……」

「ああ、もう……わかったわかった」

何を言ってもアレックスから同じような答えしか返ってこないので、ジョージは説得を半ば諦めた様子でため息を落とす。

「それで、調べた結果、どうだったんだよ。ノエルの母親をさ」

「うん、それがね……」

戦後一年以上が経っているとはいえ、兵士が復員したり、疎開先から戻ってきたりと、まだまだ人の流動が激しい時期だ。母親の身の上を調べあげるにはかなりの時間を要したが、大体の背景は把握することができた。

「彼女は裕福な商家《しょうか》のお嬢さんだったよ。それも、武家のお姫様の血を引くお母さまをお持ちだったようだね。いわゆる深窓《しんそう》の令嬢だ。それが、お抱え運転手と駆け落ちしてあの子をもうけたらしい。実家とは絶縁状態のようだね」

「ふうん……ノエルには高貴な血が入っていたか。おっと、確かお前もそうだったっけ。あまりにも変わり者なんで忘れていたが」

アレックスは肩をすくめて聞き流す。元々家だの血統だのということには、一切関心がない。

「そしてどうやら、父親の方は空襲で亡くなったようだ。母親は逃げている最中に子どもとはぐれて、生きていると信じて、ずっと捜していたらしい」

「それならなおさら、子どもを返してやらなきゃ可哀想じゃないか!」

「それはどうかな。彼女はまだ若い。二十四歳だ。女が一人で生きていくことは厳しい世の中だから、いずれ再婚するだろう……そのとき、子どもがいれば、連れ子として新しい家庭に入ることになる」

「まあ……そうだろうな」

「女も、子どもなどいない方が、身軽に再婚できるだろう? 子どもだって、新しい父親に馴染《なじ》むのは大変だ。虐待《ぎゃくたい》される可能性だってある」

ジョージはうーんと唸っている。アレックスの説に納得しているというよりも、何が何でもノエルを手放したくないためにあれこれと理由をつける友人にあきれ果てている様子だ。

「だから俺は、引き続き彼女を調査している。再婚して再び家庭を築けばよし、それも叶わず不幸な環境にずっと甘んじているようならば、それとなく援助でもしてやろうかと思ってね」

「そんなことをするよりも、子どもを返してやるのがいちばんだと思うんだがなあ……」

「最近の報告によれば、すでに彼女には面倒をみてくれる男ができたようだよ。今さら子どもが戻っても、きっと邪魔にしかならないさ。第一、あの子は記憶がないんだぞ。実際の母親だかどうかも怪しいもんだ」

「会ってみれば戻るかもしれないじゃないか」

「一年戻らなかった記憶がそう簡単に戻せるものか。とにかく、ノエルは返さない。あの子自身が記憶を取り戻して、母親の許に帰りたいと言えば、話は別だがね」

ジョージは明らかに不満そうな面持ちだったが、アレックスがてこでも動かない態度だったので、次第に諦めて話題にもしなくなった。

ノエルの母親を調べていたのは、実のところ、彼女がノエルを取り戻そうという行動に出ていないかどうかを監視するためだった。

戦後華族《かぞく》制度は消え、財閥《ざいばつ》も解体《かいたい》され、これまでとは権力の形が大きく変わりつつある。絶縁したとはいえ、彼女の後ろにあるものも、力は弱くなったがまだまだ油断できない。

アレックスは、ノエルの母親の存在を知ってからというもの、長らく彼女を観察させてきた。彼女は夫の墓は作ったが、子どもの存在はまだ諦め切れず、ずっと捜しつづけていた。ようやく諦めて、遺体のないままに墓に子どもの名を刻んだのは、彼女が結婚し、子をもうけてからだ。それを確認してからは、それまで月に一度の報告だったものを、年に一度にした。そして、ようやく十年が経ったのだ。

(今さら、ノエルを探し出そうという気にはならないだろう……すでに墓もあることだし)

本当は、墓を作った時点で調査を打ち切ってもよかった。しかし、何となく油断できずにそのまま調査を続けさせていたのは、やはり母親というのは、簡単には子どもを忘れることなどできないだろうという思いからだった。

(俺ならば、ずっとずっと捜す……みつかるまで、捜し続ける……。諦めるのは、死ぬときだ。生きている限り、俺はノエルを捜し続けるだろう……)

女は環境に順応しやすい、生命力の強い生き物だ。ノエルの存在を綺麗に忘れてしまうことは永遠にないだろうが、それよりも、目の前にいる子どもを大事にするはずだ。

アレックスとて、母親から子どもを奪うのはむごいことだと知っている。けれど今では、向こうにはもう新しい子どもができたのだから、ノエルは譲《ゆず》ってくれてもいいだろうという、自分勝手な結論に落ち着いている。

(俺はノエルの母親の監視をとりあえず中断するが……ジョージが俺を監視するのをやめ

る日は、まだ遠いんだろうな）

アレックスは葉山へと向かう列車に揺られながら、長い付き合いの友人の顔を思い浮かべ、苦笑した。ジョージは主にアメリカと日本を行き来する多忙な身だが、それでも日本に落ち着くたびにここへ足を向けるのは、アレックスに会うためというよりも、ノエルの様子を見にくるためなのだろう。

彼は、ノエルの母親が生きていて、子どもを捜していたことを知っていながら、結局友人の主張に折れて、当人に知らせずにおいたことを、悔いているに違いないのだ。

（ジョージは軟派《なんぱ》な奴だが、俺よりもよほど正義感があり、お人好しだ……。あいつが俺の立場なら、間違いなくノエルを母親に返しただろう。もしくは、俺のような頑固者が友人でなければ、無理矢理にでも子どもを奪って、彼女の許へ引き渡したかもしれない）

アレックスの執念が、ジョージの常識よりも強かったために、ノエルは何も知らされず、アレックスの持ちものとなってしまった。そのことで罪悪感を感じているであろうジョージは、他の誰よりもノエルのことを気にかけるのだ。

列車が停車し、人々が乗り込んでくる。その中に、美しい和服姿の婦人と、寒さに頬をりんごのように赤くした可愛らしい男の子がいた。

（まるで幼い頃のノエルのようだ……俺はあんなに小さな子どものときから、ノエルを現在の美しい少年へと成長させたのだ）

子どもは何かつまらないことがあったのか、ぐずって母親の着物の裾に縋りついている。母親は服が汚れてしまうことよりも、子どもをなだめすかすのに夢中の様子で、バッグの中からお菓子や玩具を取り出して機嫌をとっている。向かいに座る客や通路を挟んだ隣の客までもが、男の子を愛おしそうに見つめ、優しく話しかけたりしている。

(日本人は本当に子どもが好きだな……西洋ではたとえ幼い子どもでも一人の人間として恥ずかしくないよう、厳しくしつけられる。こんな風に機嫌の悪い子どもを寄ってたかって可愛がったりしないものだ)

ノエルは本当に育てやすい子どもだった。だだをこねたり、いつまでも泣きやまないなどということはなく、アレックスの教育をすべてすんなりと呑み込んだ。

(あのくらいの年頃は、女親を慕って泣くものなのだろうが……ノエルには親の記憶が欠けていたせいか、不思議なほどに、従順な子どもだった)

学校へ行かせなかったのは、他の子どもからの影響を受けさせたくなかったためもあるが、自分が特殊な環境であると意識させたくなかったためでもある。普通の家庭ならば、父親もいて、母親もいるだろう。けれどノエルにはアレックスしかいない。そのことで悲しんで欲しくはなかったし、自分と同年代の子どもたちとを比べて、自らを蔑むような真似をして欲しくなかった。

世間の知識は無論教えていたので、普通は学校という場所へいくのだということはノエルは知っていたはずだが、自分から「学校へいきたい」と言ったことは一度もない。

思えば、ノエルはあまりにも大人びた子どもだったのかもしれない。無邪気で、無垢で、甘えん坊なところもあるノエルは、アレックスには世間知らずの可愛らしい子どもにしか見えていなかったけれど、こうして他人の子どもを見ていると、あれほど大人しく、賢い子どもは珍しいのではないか。

（やはり、俺とノエルは出会うべくして出会ったのだ）

アレックスはその思いを新たにし、葉山の屋敷へと向かってゆく。

すでに彼の帰る場所は、太平洋を越えた遠いボストンなどではなく、ノエルの待つ、葉山の屋敷なのだった。

ノエルがいつものように自分を待っていてくれているか、一抹《いちまつ》の不安がよぎる。アレックスは決してノエルを手放したくはないが、同時にまた、自分のあり方を変えていかなくてはならないことを思い出し、憂鬱にもなった。

（さあ……どうする。ノエルの母親のことは片を付けた。そして、俺自身は……）

アレックスは列車に揺られながら、ずっと考え込んでいる。

ノエルと共にあるために、ノエルを安心させるために、自分のとるべき道は――この上は、ひとつしかないのかもしれない。

愛執に迷う男の心は、苦渋《くじゅう》の決断を迫られていた。

ノエルは一心にヴァイオリンを弾いていた。

いつもは緩やかで正確な、ときには大人しすぎると言われる音色が、今日は荒れ狂う海のようだった。

そのうち、とうとうA線が切れ、ノエルはあっと声を上げて硬直した。空中で途切れた弦が所在なげに揺れている。ノエルはしばらく呆然とその弦の先を見つめて立ち尽くしていた。

「ノエル、大丈夫ですか」

「はい、先生……すみません」

教師は三人目のヴァイオリン指南《しなん》役の男である。ベルギーやドイツなどの楽団に籍を置き、体調を崩して日本へ帰ってきた後は、こうして数人の生徒を教えて、時にリサイタルを開きながら生計をたてている。

ノエルを教えて数年経つが、彼がこんな弾き方をしたのを見るのは初めてのことで、何かあったのかと首を傾《かし》げている。

「怪我はありませんか」

「はい……」

「私が弦を張り替えましょう」

ノエルからヴァイオリンを引き取り、切れた弦を取り除いて、松やにの白い粉の散った指板《しばん》を拭き、新しい弦を付け替える。

ノエルはしょげ返った様子で、大人しく椅子に座って作業が終わるのを待っている。

「今日はどうしたのですか」

「すみません、少し考えごとを」

「具合が悪い、というわけではありませんか」

「違います。大丈夫です、すみません……」

教師は弦を張り終え、音を調整する。ノエルはピアノの側に立って『ラ』の鍵盤《けんばん》を押しながら、無表情に窓の外を眺めている。

「そういえば最近、レイモンド先生はご不在のことが多いですね」

何気ない教師の一言が、ノエルの心に突き刺さる。けれどそれを面《おもて》に出さぬよう、「そうですね。忙しいみたいで」と気のない風を装って答える。

（僕の思い過ごしなんかじゃない。やっぱり、アレックスは出かけることが多くなっている……)

年が明け、二月になった。毎年正月を過ぎてもひと月はゆっくりと過ごすのに、ここのところ、アレックスはどこかへ出かけてばかりいる。

(やっぱり……僕が、拒んだせいだろうか。部屋にこもったりして、アレックスを困らせたから……)

アレックスを困らせようだとか、悲しませようだとか、そういうつもりで部屋にこもったわけではなかった。ただ、ノエル自身、どうしたらいいのかわからなくなってしまったのだ。

前後不覚《ぜんごふかく》の状態で抱かれ、あふれるほどに愛の言葉を囁かれた。一夜にして突然変貌してしまったアレックスが、怖かった。正確には、自分たちがこれからどうなってしまうのかが。ノエルの意思を無視して行為に及んだことに、腹を立ててもいた。

(アレックスのことは、僕がいちばんわかっていると思っていたのに……)

アレックス自身がノエルに隠そうとしていた感情だったのだから、見えるはずもないのだけれど。それでも、少しずつでも、理解していきたかった。あの日のことは、あまりにも唐突すぎたのだ。気づいていなかったのか、と言われたけれど、よしんばわかっていたとしても、アレックスがあんな行動に出ることは予想できなかっただろう。

(やっぱり、あの人は大人だ。隠すのが上手い。僕はまだまだ、敵《かな》わない……)

調律が終わっても、それに気づかず延々《えんえん》と鍵盤を押しながら遠くを見ているノエルを見て、教師は苦笑した。

「今日のレッスンは、これでやめにしておきましょうか」

「えっ……。で、でも、先生」

「いいんですよ。あなたはこれまで、あまりにも優秀すぎる生徒でしたから。たまには、こんな日もあっていいでしょう」

教師に慰められ、自分はそれほどに様子がおかしいのかと、ノエルは頬の赤らむ思いがした。

あんなことがあっても、いまだにノエルの世界はアレックスを中心にして回っている。それより他に、生きる術を知らないのだから、仕方がない。そんな自分に、疑問も持たずに生きてきたのだ。そして今、その人との関係は確実に変わってしまった……。

中途半端《ちゅうとはんぱ》にレッスンを切り上げられてしまったノエルは、ヴァイオリンを片付け、食堂へ行って執事にアールグレイを頼んだ。

庭には木枯《こが》らしが吹き、痩せた木々が身を寄せ合って春の訪れを待っている。

(結局、今年の雪は、クリスマスの晩に降ったあの一度だけなのかな……)

何もあんな日にだけ降らなくても、とノエルは雪すら恨みたい気持ちだ。一層冷えた夜の空気に、アレックスの体から立ち上る白い靄が揺らめいていたのを、忘れられない。

ノエルはそれを、厭わしいと思っているわけではないのだ。思い出すだけで、全身が熱くなって、胸が苦しくなって、欲に溺れそうになってしまう。気がつけば自慰に耽ってしまう回数も増えたけれど、どこか物足りない。しかし、あの日初めて開かれた、無垢だった場所にだけは、恐ろしくて触れることも叶わない。そこを慰めてしまえば、自分の中で何かが大きく変わってしまいそうな気がした。

(アレックスは、今日はいつ帰ってくるのかな……)

日中どんなに屋敷を空けていても、どこかで泊まって帰ってくるということはない。だから今日もどのくらい遅くなるのかはわからないけれど、必ず彼は帰ってくるだろう。

以前よりも格段に増えた一人での夕食は、あまりにもわびしく、ノエルは好きではなかった。けれど、アレックスがいるからといって、これまでのように何も思わずに無邪気に接することはできない。さり気ない日常の会話が、空々《そらぞら》しく感じられることもある。

アレックスの外出が多くなったのも、彼もそう感じているからなのだろう……。

運ばれてきたアールグレーを飲みながら頭を悩ませていると、アレックスの帰ってくる気配が玄関から伝わってくる。

けれど、今日はそこに違和感を覚えた。聞き覚えのない声が聞こえるのだ。

(誰か……お客さん?)

ノエルはカップを置き、ふらりと立ち上がる。今までならば、アレックスが帰宅すると一日散《いちもくさん》に駆けていって、おかえりの挨拶をしていたのだけれど、最近は何となくそんな風にするのもわざとらしいような気がして、少し遅れて出迎えにいくのだ。

はたしてそこには、ノエルの感じた違和感の通り、会ったことのない客人がいた。

「ただいま、ノエル」

「おかえり、アレックス……」

表面上はいつも通りの挨拶をするアレックスに、ノエルはちらちらとそちらを見ながら、彼がいつ紹介してくれるのかと機会を窺っている。

その視線に気づいて、来訪者は穏やかな微笑を浮かべた。ノエルは思わず子どものように頬を赤くして、はにかんだ笑みを返す。

「ああ、彼女は神崎晶子《かんざきあきこ》さんだ。晶子さん、彼がお話ししていたノエルです」

「まあ。こんなに可愛らしい方だったなんて。初めまして、ノエルさん」

「は、初めまして……」

女性などめったに来ないので、あまり物怖《ものお》じしないノエルも少し緊張してしまう。しかも神崎晶子と紹介された人は、これまでアレックスが連れてきた、仕事関係のテキパキとした、いかにも有能そうな女性とはまた大きく違った雰囲気だった。

年の頃は、二十代半ばくらいだろうか。色白のふっくらとしたやや丸顔で、眠たげな幅広の二重の瞳はおっとりとしていて、小さな鼻や唇は自己主張の少なそうな、大人しそうな性格を思わせる。

落ち着いた濃緑のゆったりとしたワンピースを着て、豊かな黒髪を肩の辺りでカールさせているのも品がよく、優しげだ。好もしい雰囲気の女性である。

(この人は、仕事相手ではなさそう。でも、友達という感じもしないし……)

一体どういう関係の相手なのかと、ノエルは少し困ったようにアレックスを見た。晶子はただ微笑んでいるだけで、でしゃばらず自分からは何も口にしないので、アレックスが説明してくれなくては何もわからない。

アレックスはその場の空気を察して、ようやくノエルに彼女の身分をあかした。

「彼女は私の婚約者だ。今夜は夕食を共にしていただこうと思う。いいね？　ノエル」

「え……、うん、もちろん」

淡々《たんたん》と告げられて、ノエルは考える間もなく頷いた。

アレックスの放った言葉の意味が、まだよく理解できていない。

(アレックスの……婚約者？　彼女が？)

それでは、最近外出が多かったのも、帰りが遅かったのも、彼女に会っていたからだというのか。

(婚約者、って……結婚する人、なんだよね)

ノエルは突然、自分が日本語がわからなくなったのではないかと錯覚した。婚約者という単語がどういう意味だったのか、一瞬思い出せなかったのだ。

「そろそろ夕食の準備もできる頃だろう。さっそくだが、食堂にいこうか」

アレックスが率先して食堂に足を向ける。彼女もそれについていく。

ノエルはまだ頭の中が真っ白で、自分がどんな顔をしているのかもわからない。ただ、言われるままに、二人の後をふらふらとついていった。頭が働かない状態ながら、いつも通りに振る舞わなければいけないという心の声に従って。

予《あらかじ》め来客があることを伝えてあったのか、今夜の夕食はいつもよりも少しだけ豪華だ。マッシュポテトが載せられた真鯛《まだい》のソテーを食べながら、ノエルはまだこの状況を実感できないまま、何とか懸命に会話を続けている。

「それじゃ、晶子さんは僕の五つ上なんですか」

「ええ。私の弟もノエルさんと歳が近いのだけど、あなたの方がずっとお若く見えるわ。見た目と年齢はわからないものですね」

「ノエル、女性に年齢の話をするのは作法に反するよ」

「あ、ご、ごめんなさい」

赤くなったノエルに、晶子はいいんですよ、とふんわり微笑みかける。

上品な人だ、とノエルは感じる。若い女性と直接こんな風に接するのは二人目だけれど、あやめはもっと溌剌としていて、元気で、そして少し蓮っ葉《はすっぱ》だった。晶子には、俗っぽいところがほとんどない。口元を押さえて笑う姿もたおやかで、令嬢とはこのような人を指すのだろうと思われるほどだ。

それにしても、食事の最中に、こんなにたくさんの会話を交わすのは久しぶりだ、と思う。やはり今の自分たちの間には、他の誰かが入っていないとまともな交流もままならないのだ。

「ところで、今日のヴァイオリンのレッスンはどうだった」

「うん……ちょっと調子が悪くって、早めに切り上げてもらったんだ」

黙っていてもどうせ教師から伝わると思い、ノエルは正直に打ち明ける。

「調子が悪い？　具合でも、悪いのか」

「ううん、違うよ。もう大丈夫。心配しないで、アレックス」

見れば元気だということはわかりそうなものなのに、アレックスは顔色を変えてノエルを観察する。

そんなに心配するくらいなら、もっと側にいてくれればいいのに、と内心思い、そんな自分にノエルは驚いた。こんな小さなことでアレックスに反発を覚えるだなんて、どうかしている。

「まあ、ヴァイオリンをお弾きになるのね」

晶子は興味深そうに、ニコニコと笑ってノエルを見る。

「素晴らしいわ。私も聞いてみたいです」

「ええ。食後一休みしたら、一曲弾いてあげなさい、ノエル」

「あの……でも」

ノエルの反発は続いている。なんだか無性に、アレックスの意思に逆らいたいような気持ちがある。

「今日、レッスン中にちょっと弦が切れちゃったんだ。だから、音が崩れるかもしれなくて……」

張ったばかりの新しい弦は緩みやすく、音程が狂いやすい。しばらく弾いて巻いているうちに安定するのだが、その間は少し心許《こころもと》ない。初めて会った人に、あまりそういう音は聞かせたくなかった。

そんな思いだけでなく、どういうわけか、この穏やかな女性の前で、ノエルはヴァイオリンを弾きたくない。嫌いというわけでもないはずなのに、自分はどうしてしまったのだろうと我ながら戸惑う。

すると、アレックスはあっさりとその要求を取り下げた。

「そうか。それじゃあ、また今度にしよう」

「ノエルさん。私、ピアノなら弾けるんですのよ。今度一緒に弾いてみましょう」

「合奏《がっそう》ですか？　素敵ですね」

場を取り繕うように口を挟む晶子は、よく気の回る優しい女性に思える。ピンク色のマニキュアの塗られた爪は少し長めで、普段からピアノを弾いているわけではないのだろう。ノエルに気を遣って、ピアノなら弾けると言ったのだ。

優しい人なのに、どうして自分はこの人に対していい気持ちになれないのだろうと、ノエルは心苦しさを覚えた。自分がどんどん嫌な人間になっていくような心持ちがする。

そうするうちに食事は進み、紅茶が出てきたところで、晶子は化粧直しに、と言って席を立つ。

二人きりになると、ぎこちなさが増す。これまで空気のように側にあることが自然だったというのに、どうしてこんなことになってしまったのか、と胸の塞がるような思いがする。

ノエルが何も言えずに紅茶を飲んでいると、アレックスはおもむろにカップを置き、ノエルの方に向き直った。

『ノエル。彼女が気に入らないのか？』

突然、フランス語で話しかけてきたアレックスに、ノエルは驚く。けれど、フランス語で話しかけられれば、フランス語で答えてしまう癖が染みついている。

『どうしていきなりフランス語で話すの、アレックス』

『彼女はフランス語がわからないからだよ。万が一聞かれてもいいように』

公然と内緒話をしようというのかと、ノエルは困惑する。

『気に入らないのなら、言いなさい。他の人にするから』

『え……？』

思わず、耳を疑った。

自分はフランス語までわからなくなってしまったのだろうかと、一瞬訝った。

『どうして……？　どうしてそんなひどいことを言うの』

『ひどいこと？』

アレックスは、よくわからないという顔をして首を傾げる。

『なぜひどいんだ。私と結婚する女性は、ここで暮らすことになる。私の養子であるお前は、その人の家族にもなるんだぞ。お前が気に入らなければ、一緒になど住めない。だから、他を探すと言ったんだ』

『だけど、彼女の気持ちはどうなるの』

『彼女は知り合いから紹介されただけの人だ。婚約者と紹介はしたが、まだ正式なものじゃない。お前の了解をもらってから話を進めようと思っていたんだ』

ドアの向こうから、晶子の近づいてくる足音が聞こえる。さすがにアレックスは口をつぐみ、戻ってきた彼女に微笑を向けた。

「化粧室の場所はわかりましたか？」

「ええ。お屋敷の方が案内してくださったので。とても広くて素敵なお屋敷ね」

口紅を塗り直した珊瑚《さんご》色の唇が綺麗な笑みの形を作る。食事をした後で血色もよくなり、最初に玄関で会ったときよりも、晶子は美しく見えた。

この人が、家族になる……そういう思いで眺めてみても、ノエルにはなかなか現実感が湧かない。今までアレックスと二人きりの生活だったのだ。そこに突然一人増えるだなんて、想像できなかった。

(それにしても、他の人にする、だなんて……どうしてそんなことが言えるんだろう)

あまりにもむごい態度だ。それでは、婚約者と紹介された彼女の立場がない。

紅茶を楽しみながら少し歓談した後、晶子は運転手に送られて帰っていった。

それを見送った後、アレックスはノエルと食堂に戻り、紅茶を淹《い》れ直させて再び話し始める。

「ノエル。正直に言って欲しい。先ほど聞いたことの答えだ」

「彼女を気に入るか、気に入らないかってこと……?」

何度もおかしな質問をしてくるアレックスに、ノエルは次第に腹がたってきた。

「そんなこと、僕の決める話じゃないよ。アレックスの奥さんになる人でしょう?」

「じゃあ、お前は誰がきても平気だと言うんだな?」

「誰がきても、ってわけじゃないけど……」

「お前が気に入ってくれなければ、困るんだ。もしもお前が相手を嫌がってこの屋敷を出ていくようなことがあったら、本末転倒《ほんまつてんとう》だからな」

アレックスは理解し難いことを喋り続ける。ノエルの頭は混乱を深め、どう答えたらいいのかわからなくなっていく。

どうしてノエルの意思がいちばんになってしまうのか。結婚とは好き合った者同士がすることではないのか。

子どもが新しい母親を気に入らないというのなら、その一言で終わってしまうのではなく、そこから気に入るように関係を作っていこうとするのが通常の進め方ではないのか。

それをどうして、「他の人にする」などと軽々しく言えるのか。

問いかけたいことはたくさんあるのに、ノエルが思わず口走ってしまったのは、自分でも思いもかけない言葉だった。

「僕が気に入る人なんか、いないよ」

アレックスは、目を丸くして驚いている。ノエルは言ってしまってからハッとしたが、彼のその反応も面白くなく、鬱憤《うっぷん》が溜まってゆくのがわかる。

ノエルがこう答えるとはまるで予想していなかったのだろう。けれど、一度会ったくらいで、この人は好き、嫌いと、どうして判断できるというのか。

「突然、どうして婚約者なんて連れてきたの。アレックスは、何もかも突然すぎるよ。全部自分の中で決めて、納得して進めているのかもしれないけど、僕からしたらいきなりでびっくりするんだよ」

「ノエル……」

「どういうことなの？　僕をこの屋敷から逃げさせないために、アレックスは結婚するの？　そんなの、おかしいよ。どうしてそんなことになっちゃうのか、僕には全然、わからないよ」

一息に捲《まく》したてた後、アレックスがただじっとこちらを見つめているのに気づいて、ノエルは喋りすぎたと後悔する。けれど、今思っていることを言わなければ、聞かなければ、ますますおかしなことになってしまいそうだった。

「彼女のことが、好きなんじゃないの？」

「私が好きだと、愛せると思う人間は、お前一人だ」

「じゃあ、彼女じゃなくてもいいんだ。だから、他の人にするなんて言えるんだ」

アレックスにお前一人と言われ、紛れもない喜びの感情があふれ出る。けれど、ノエルはそれを隠した。ノエルの中に育ちつつある常識が、アレックスの身勝手さを喜ぶ自分を戒めたからだ。

「アレックス、自分がどんなにひどいことを言っているのかわかってる？　女性はものじゃないんだよ。犬や猫でもない。心があるんだから、そんな風な気持ちなら、誰も連れてきて欲しくなんかないよ」

「犬じゃない、か……」

ふっとアレックスは場違いなほどになつかしげな笑みを浮かべた。

「昔、同じようなことをジョージにも言われたな」

「ジョージに……？」

「ああ。ノエル、お前を拾ったときに」

普通、人間を「拾う」とは言わない。けれど、自分がアレックスに引き取られた状況は、その言葉で表しても少しもおかしくはないものだった。

「ノエル。私はどうも、人に関することがまるきり苦手なようだ。それをお前にまで指摘されてしまうとは、本当に不甲斐《ふがい》ないな」

「アレックス……」

久しぶりに、アレックスと素直な、正直な会話を交わしている気がする。ノエルは胸の鼓動が大きくなっていくのを感じていた。今まで二人の間にあった壁のようなものが、少しずつ薄くなるのが見えるからだ。

「今、お前に言われたことを考えてみた。それでは、私が愛することのできる女性を探し、その人を連れてくるのなら、お前は気に入るというんだな？」

「そう……普通は、そうだよ。好きだから、婚約者として連れてくるんだ。好きじゃなきや、結婚しないんだから……」

「ふむ。それならば、かなり時間がかかってしまいそうだなあ」

アレックスは途方に暮れたような顔をする。

「私はこれまで、お前以外の人間を愛したことがないんだ。誰一人……。お前を一目見たときに恋に落ちたように、他の誰かを好きになれるとは思えない。さて、どうやってみつけるべきか……」

それは、熱烈な愛の言葉だ。ノエルは頬が赤らみ、呼吸が乱れるのを覚える。

ところが、アレックスには、そんなことを言っている自覚はないらしい。真剣に、どうすればいいのかを考えている。

（この人は、本当に僕しか見えていないんだ……）

晶子が可哀想だ——そんな気持ちはあくまでノエルにとって建前《たてまえ》でしかないことは、自分自身でわかっている。ここまで一途に愛されて、どうしてそれを喜ばずにいられよう。

ノエルの世界には、元々アレックスしかいなかった。アレックスの世界には、ノエルの他にも大勢の人が住んでいる。そう思っていた——けれど、そうではなかった。

彼の世界には、ノエル以上に、たった一人の人間しか存在していなかったのだ。

「みつけなくて……いい」

「……ノエル？」

ノエルの心は震えている。

「アレックスが、僕よりも誰かを愛するようになるなんて、考えられない……考えたくない……」

こんなことを口にしていいのか。このまま思いを打ち明ければ、きっともう二度と後戻りはできない。

そうわかっていても、もう押さえようがないほどに、ノエルの気持ちは膨れ上がっている。口にしなければ、胸が張り裂けて死んでしまいそうだ。

「アレックスのいちばんは、僕じゃなきゃ嫌だ。僕よりも大切な誰かを作ろうとしないで。そんな人が現れたら、そのとき僕はここを出るよ。アレックスが僕以外の誰かを愛するところなんか、見ていたくないから……」

アレックスは、信じられないような面持ちで、ノエルを凝然《ぎょうぜん》と見ている。

「ノエル……その言葉の意味が、わかっているのか……？」

ノエルはアレックスを見つめ返し、無言で頷く。男は驚きもあらわに、ゆっくりとかぶりを振って、あまりに大きな動揺を紛らわしている。

「私は、お前に拒絶されて……お前に怖いと言われて……必死で、お前を楽にする方法を考えたのだ。そして、出した答えが、女性と結婚することだった。そうしたらお前の望む通りの家族でいられると……一緒にいることができると、そう考えたんだ」

もちろん……、とアレックスは続ける。

「実際に婚約者を連れてくれれば、お前が折れてくれると思わなかったわけではないが……」

「僕を……試したの？」

「可能性は低いと思ったさ。期待があっただけだ。どちらにしろ、お前を失いたくないために、そのためだけに、彼女を連れてきたんだ」

ノエルがアレックスに恐怖したように、アレックスもノエルを怖がっていた。二人とも共にありたいという気持ちは同じだったはずなのに、食い違ったまま方向を誤ってしまった。

「アレックスが僕のために、そんなに考えてくれていることに、気づかなかった……あなたは、本当に僕のことだけを考えてくれていたんだね……」

「正確には、お前というよりも、私のことだ」

自嘲の笑みを浮かべ、アレックスは手を伸ばし、ノエルの頬を包み込む。

「私は、お前と離れることなど考えられなかった。どんな形であれ、お前と共にいられるのならば構わないと思った。お前と生きていきたいという私の欲望のために、私はすべてのことを決めているんだ」

「すごい、自分勝手」

「そうだよ。私はそういう男だ。お前を見た瞬間、お前を欲しいと熱望し、そのまま攫ってしまうほどに。もしもお前が、嫌がっていたとしても、私は強引にお前を連れ去っただろうな……」

冷静に考えてみれば、きっとひどいことなのだろう。けれど出会ってしまったあの瞬間、ノエルもアレックスに運命を感じていた。アレックスがノエルを欲しいと思ったように、ノエルもアレックスを欲していたのだ。

「私は……お前を愛してもいいのか？　ノエル」

「うん……アレックス」

ノエルは目を閉じ、心を落ち着けようと苦心する。けれど、興奮の熱は瞼までも赤く染め、全身が心臓になってしまったかのように熱く脈打っている。

「自分の心を整理するのに、時間がかかっちゃって、ごめん……。本当は、もうとっくにわかっていたのかもしれない。でも……僕には自分の心が、よく見えなくなっていたんだ。自分の気持ちがわからなくて……」

目を開けたとき、そこには愛しい男の真剣な顔がある。怒っているのかと思うほどの、強い視線で射すくめられる。

彼は、自分の言葉を待っている。その言葉を与えれば、いよいよ、逃げることはできなくなる。

（僕はもう、逃げたくない。向き合わなくちゃいけない。アレックスと……そして、自分自身と）

「もう、答えはみつけたよ。僕は、あなたを愛してる。他の誰にも、あなたを渡したくない……」

「ノエル……！」

背骨が軋《きし》むほどに抱き締められる。そのまま顎を持ち上げられ、深く唇を合わせられる。

（ああ……アレックスの、キスだ……）

あの夜から、ひと月ぶりの、口づけだった。あまりにも昔のような気がするのは、あの夜以来、あまりにも深い溝《みぞ》が二人の間に横たわっていたからだろうか。

アレックスは情熱的にノエルの唇を求めた。歯をなぞられ、舌を吸われ、深くまで犯される。上顎の裏を舌で愛撫されたとき、ゾクリと腰に甘い震えが走り、ノエルは立っていられなくなった。

「んっ……、アレックス……」

「ああ、すまない……つい、夢中になってしまった」

アレックスはようやく唇を離し、照れたように微笑む。夢中になると、平生の穏やかさ、冷静さがまるでなくなってしまう主人を、今となっては、ノエルは嬉しく思う。

（あの夜のことは、まるで事故のようだった……突然降りかかってきた事態にわけもわからず、僕はアレックスのされるがままになった……）

けれど、今は違う。ノエル自らが選択して、父だった人を、兄だった人を、受け入れようとしているのだ。

「ノエル……このまま、ベッドに行っても？」

「うん……いいよ」

直接的な言葉に頰が火照る。恋人たちが愛し合うということは、罪悪ではないはずなのに、この情事にはどこか禁忌《きんき》の香りがつきまとう。

アレックスはノエルが頷くのを見るや否や、クリスマスのあの夜と同じように、ノエルを抱きかかえ、食堂を出て階段を上がってゆく。

「ねえ……正直に言ってね、アレックス」

アレックスの部屋に着き、あの夜のようにベッドに横たえられながら、ノエルは問いかけた。

「彼女とも、こういうことをしたの？　婚約者だから……」

「いいや、していない」

アレックスはきっぱりと否定する。

「まだお前が気に入るかどうかもわかっていなかったからね……。結婚するかどうかは決めていなかった。彼女も立派な家のお嬢さんだから、婚前交渉は望んでいなかっただろうし、私も処理をする相手として選んだわけではないし」

「処理……？」

「性欲の処理だ」

大真面目な顔であけすけな台詞を言うアレックスを、ノエルはドギマギしながら見上げる。

「お前もわかるだろうが、私も男だから、どうしても必要になってくる。だが、彼女はそういう相手には不適格だったということだ。そのためだけの相手ならば、後腐れのない者を選ばなくてはね」

「アレックスって、結構最低だね……」

服を脱がされながら、ノエルは熱いため息を漏らす。

「でも、よかった。もしもあの人のことを体だけでも愛しておいて、いきなり話を断ってしまったら、本当に可哀想だから」

「もしも彼女を抱いていたら、お前は私を嫌いになった？」

「ううん……」

ノエルの細い指が、アレックスの頬に添えられる。

「もう、無理だよ。僕はアレックスがいなきゃ生きていけないようになってる。アレックスがどんなにひどい人でも、僕はあなたから離れられない……」

「ああ……そうだな」

蒼い瞳が揺らぎ、情欲の炎がその奥に燃えている。

「私がお前を、そういう風に育てたんだ。私の腕の中でしか、生きられないように……私なしでは、どこへも行けないように……」

アレックスの熱い唇が、ノエルのため息を吸いとる。優しい口づけは次第に欲望のままに荒々しくなり、ノエルの意識を危うくしていく。

「アレックス……そんなに、急がないで……」

「わかっている……わかっているんだが、止められない……お前が、私を受け入れてくれたのだと思うと、たまらなくて……」

アレックスの性急な手つきは、まだ未熟なノエルの体を怯えさせる。裸にされて、無防備な自分をさらけ出すことすら恥ずかしいのに、無遠慮な手に愛撫され、少年は羞恥《しゅうち》に消え入りたいような気持ちだ。

「乱暴にしないで……アレックス……」

「大丈夫だ……優しくする……決してお前を傷つけたりはしない……」

アレックスが衝動を必死で抑えながらノエルの肌に触れているのがわかる。あまりにも大きな体格差があり、元々そのように作られていない少年の体は、男が全力で挑めば壊れてしまいそうだ。

（成熟した女性なら、アレックスもすべてをぶつけられるんだろうか……僕などのみすぼらしい体では、アレックスは満足しきれないんじゃないだろうか……）

その激しい興奮がわかるからこそ、ノエルは申し訳ないように思ってしまう。あの夜も、アレックスはことに及ぶ前に長いことその場所の準備をしてくれていた。一度開いてしまえば、あとは馴染むばかりだったように思うけれど、やはり最初から普通の男女のように自然と交わるというわけにはいかない。

せめてアレックスの思うままに扱って欲しいと、ノエルは恐怖心をこらえて、されるがままに身を投げ出した。

少年のしなやかな肢体《したい》を執拗に指で、唇で愛しながら、アレックスはめくるめく情欲と幸福に呑まれて我を失わんばかりである。

「ああ……お前を再びこの腕に抱けるだなんて……いっときはすべてを諦めたというのに……」

まだ慎ましい姿のそれを口に含みながら、アレックスは恍惚とした表情を浮かべる。

「どこもかしこも可愛い……私のノエル……私が育てた、美しい花……」

「あ……アレックス……」

男は少年の欲望が形を変え始めると、いよいよ我慢がきかなくなる。あられもない水音をたてていたいけな茎《くき》を吸いながら、愛し合うために必要な潤滑油《じゅんかつゆ》をたっぷりと蕾《つぼみ》へ注ぎ、丹念に花開かせてゆく。

今夜は思いの通じた喜びのあまりに、灯《あか》りを消すのも忘れていたので、煌々《こうこう》とした光の下《もと》に少年の薄紅に染まった肌が次第に汗を浮かべてきらきらと輝いてゆく様がよく見える。

ノエルはあまりの恥ずかしさに、「灯りを消して」とも言えず、ただアレックスの巧みな動きに耐えている。

(あ……やっぱり、そこが、気持ちいい……どうして、アレックスは僕の気持ちいいところがわかるんだろう……僕だってそんな場所は知らなかったのに……)

男の指が内部の一点を押し上げるたびに、ノエルははしたない声を上げてしまいそうになる。元々従順で柔らかな少年のそこはいとも容易く蕩け、美味しそうにアレックスの指を締めつける。拡げれば奥の見えそうなほどに開いているというのに、アレックスはなおも執拗に愛撫を続けている。

「ん……、アレックス……、もう、大丈夫だから……」

「しかし、お前に痛い思いはさせたくない。もう少し……」

「だけど、僕ばかり……、あ、ああ……」

もう指では物足りないなどとはっきり言えずに、ノエルは頬をうずうずと熱くして悶えている。アレックスの唇で愛撫された木の芽はもう少しの刺激で達してしまいそうだし、双丘《そうきゅう》の狭間にある蕾はすっかり散らされて、彼の指が巧みにうごめくたびに、少年は四《し》肢《し》の先まで甘美な快楽に震えてしまう。

「もう……、もう、お願い……」

涙をいっぱいに溜めた目でアレックスを見つめると、自らの服を脱ぐのも忘れて没頭していた男は、ようやくノエルが十分になっていたことを悟り、張りつめていたズボンの前を開けた。

明るいところで初めて見るアレックスのそれは、ノエルのものとはまるで違う代物に見える。

(あんなに大きなもので、貫かれていたなんて……)

一度体験したあの鮮烈な感覚は、ひと月以上経ってもまだノエルの中から抜けきっていない。息苦しく、辛い思いをしていたものが、次第に野蛮な快感に変わっていくあの味わいを、これからは幾度も受け入れることになるのだ。

筋の浮いた逞しい幹はずっしりと重たげで、大きな雁首《かりくび》は李《すもも》のような色をして艶《つや》やかだ。そこへたっぷりと香油を塗りつけ、柔らかく熟れたノエルの蕾へ押しあてる。

「あっ……、うあ……」

一瞬の抵抗の後にぶちゅりと音をたてて沈み込んでゆく感覚に、ノエルは激しい衝撃を覚え、ヒクヒクと痙攣《けいれん》した。腹や胸に温かなものが勢いよくほとばしり、入れられた瞬間に自分が絶頂に達したことを悟る。

「ああ……ノエル……なんて感じやすい子なんだ、お前は……」

アレックスは喜悦《きえつ》の溜息を漏らし、ノエルを掻き抱く。深々と奥まで埋めてしまうと、ノエルはあまりにも大きなものに串刺しにされているような気持ちで、同時に、隅々まで愛しいアレックスに満たされたように思い、その喜びがますます肉体の官能を研《と》ぎすませてゆく。

「はあ……、ああ、アレックス……、あなたのでいっぱいだ……」

「大丈夫か？　ノエル……」

「いいよ、平気……気持ちいいよ……」

アレックスの熱烈な口吸いに、ノエルは懸命に応える。舌を絡ませられながら、ゆっくりと腰を回されると、にちゃにちゃと恥ずかしい音が下肢から響き、ノエルは開いた口から呻き声があふれるのをこらえられない。

「あふ、あ、は、あ」

最奥《さいおう》の敏感な場所をあの大きな亀頭で掻き回されているのかと思うと、雄蕊《おしべ》を咥え込む粘膜の隅々まで、官能が染み渡る。

「んん、んぅ、ふ、はあ、あ、ああ」

「ノエル……ノエル……あぁ、いい声だ……もっと私に聞かせてくれ、ノエル……っ」

アレックスはノエルの華奢な脚を抱え込み、深々と埋め、引き抜き、腰を波打たせて絶

え間なく動いている。快楽の味を覚え始めたノエルの体は次第に貪欲《どんよく》になり、自ら男を貪り始める。

「はあっ、あ、ああ、アレックス、あ、あ……」

必死にその分厚い背中にしがみつき、男の体臭に包まれながら、恥もプライドもわからなくなってゆく。

限界まで引き伸ばされた入り口は焼けつくような鋭い感覚を訴え、疼く粘膜は逞しく反り返るものに擦《こす》られ、捲り上げられ、いやというほどいじめられて、歓喜に震えて男にまつわりついている。

最初の一夜よりも随分と熟れた少年の体は、一段と甘美な快楽を男に与え、たまらずアレックスは達した。

一度だけでは到底収まらず、男は少年を今度はうつ伏せにして腰をたたせ、再びずっぷりと奥まで挿入してしまう。

「あ、ああ……、すごい、アレックス……」

「こちらの方が楽か……？　ああ、いいな……私がお前の中に入っているのが、よく見える……」

アレックスは陶然として囁きながら、汗に濡れたノエルの尻を両手で摑み、ゆっくりと揉みながら腰を蠢かせる。

「んう、ふうう、あ、ああっ、そ、そんな風に、揉まないで……」

「どうして？　お前の肌は心地がいい……私の手の平に吸いつくようだ……」

「だ、だって……ああ、は、あ……」

双丘を擦り合わされるように揉まれると、中に入っているものの大きさを如実《にょじつ》に感じてしまう。ノエルは枕に顔を押しつけ、動物的な快感に喘いだ。

こんなにも男として屈辱的な格好をさせられているというのに、それがアレックスによるものなのだと思うだけで、ノエルは激しく昂《たかぶ》ってしまう。

（僕は今、最も恥ずかしい姿をアレックスに見られている……今までもすべてを知り尽くされていると思っていたけれど、これ以上裸になれないほど、僕は裸だ……何もかもを、アレックスにさらけ出しているんだ……）

今や心も体も、アレックスに支配されている。そのことが、少年にはまるで神にすべてを捧げたかのような陶酔《とうすい》をもたらすのだ。

（もう隠せるものなど何もない……アレックスは僕のすべてを知った……いいや、まだ秘密はあるけれど……）

それはノエルにとってあまりにもささやかな秘め事。もはや風化してしまいそうなほどに古く、遠いことだ。

（そのひとつだけを胸に抱いて、僕はアレックスに何もかもを捧げよう……それが僕の愛……育て上げられ、愛でられ、摘まれて……アレックスの紫の上になることが、僕の幸せ……)

男の荒い息が背中にかかる。肌理《きめ》の細かな皮膚に浮いた汗を舐められ、吸われて、アレックスはものぐるおしく腰を振る。

「お前の肌は甘いな、ノエル……何もかもが甘い……すべて食べてしまいたいほどに……」

「食べていいよ、アレックス……僕は、あなたになら食べられたい……」

酩酊したような台詞も、何もかもがベッドの上では甘美な響きを帯びる。アレックスの動きも熱をはらみ、ノエルもまた、頂《いただき》へと向かって追いつめられてゆく。

「ああ、ノエル……、ノエル……っ」

獣のような律動に揺すぶられ、ノエルは涙をこぼして快楽を貪る。奥を穿たれるたびに目の裏で白い閃光《せんこう》が弾け、意識は撓《たわ》み、全身から汗が噴き出すのがわかる。

「ううっ、ふうっ、う、はあっ、ああっ、んう」

「くっ、ああ、もう、こらえられない、ノエル……っ」

アレックスは奮いたち、ノエルの首筋に歯をたてて、低く呻きながら硬直する。

その痛みも、奥処《おく》に放たれる精の温《ぬく》みも、すべてがえも言われぬ快美な旋律となり、ノエルという楽器をかき鳴らす。

「ああ……、もう、死んでしまいそう……」

息も絶え絶えに、少年は喘ぐ。大人の男の欲望を華奢な体に受け入れて、健気《けなげ》にもその肉体は順応し、魂までも天に飛んでしまいそうなほどの悦楽を味わっている。

あのクリスマスの夜よりも、遥《はる》かに大きな官能が、ノエルの心身を覆っていた。それは一方的なものでなく、愛を確かめ合い、想いをひとつにしたからなのだろうか。

ノエルは、愛欲に溺れるという感覚を知った。心を通じさせて交わるということが、これほどに心地いいものだとは知らなかった。

如月《きさらぎ》の夜の交わりは、延々と続いた。

最後にはアレックスもすべての衣を脱ぎ捨てて裸となり、ノエルは自分を押し潰すほどの、見事な裸像に見とれた。

（やっぱり、アレックスは綺麗だ）

この世で最も美しいものはと問われたら、ノエルは迷わずに恋人の名を挙げるだろう。十年の歳月が過ぎているというのに、アレックスの姿は出会ったばかりの頃と寸分違《たが》わず、美しい。

その憂い顔は月日が経つほどに深みを増し、繊細な美貌には悲しみや不安の影が差すほどになまめかしい。

アレックスは、月の光の下でこそかぐわしく香る白い花のような人だ、とノエルは思う。

友人のジョージのような太陽を思わせる朗らかさとは対極の魅力を持っている。

その身勝手さも、傲慢《ごうまん》さも、常識はずれなところも、すべてが愛おしい。

「もうお前を離さない。私のノエル……」

熱い肌を寄せ合い、アレックスは夢見るような声で囁く。一度ノエルに強く拒絶されたがゆえに、再び手に入れた喜びは一層深いのだろう。

ノエルも、もう迷いはしなかった。

「離さないで。僕のアレックス……」

互いの所有の印を刻みながら、二人はいつまでももつれ合い、交わり、終わりのない交歓の海に身を投げた。

いつまでもこの夜が続けばいいのにと、切に願いながら。

ノエルの世界

情事に溺れる日々が続いた。

元々もの覚えもよく、何でもすぐに自分のものにしてしまうノエルは、閨房《けいぼう》のあらゆることもいつの間にか吸収し、数日でアレックスを翻弄《ほんろう》するほどになってしまった。

みだらに開花してゆくノエルに、アレックスは夢中になる一方だ。毎日、ワインを口移しに飲み、入浴も共にし、夜はひとつのベッドで眠る。朝になると、最近ノエルが覚えた楽しみで起こされるので、アレックスは欲の鎮まる暇もない。

「ん……、ノエル……また、そんなことをして遊んでいるのか……」

「だって、面白いんだもん、アレックスの……」

アレックスが目覚めると、大抵最初に目に入るのは、己の下腹部にうずくまり朝の生理で形を変えたそこをもてあそぶノエルの姿だ。

「不思議……どうしてこんなに勃《た》っているのに、こんなに柔らかいの？」

ノエルは自分のものと違うアレックスのそれが面白くてならない。いつもいきり立つものを曲げたり揺らしたりして遊んでしまう。

「こんなにされたら、僕だったら痛くて泣いちゃうよ。アレックスは平気なんでしょう?」

「まあな……体の違いだ。ノエルのものは芯が固いから、こういう風にはならないな」

「体も色々違って面白いね……アレックスの肌はなんだか乾いていて固いんだ。こっちは柔らかいのに、反対だね」

ノエルはアレックスの体の部位を様々に研究しながら、撫でたり、舐めたり、噛んだりして、まるで子猫がじゃれるように恋人の体で戯れる。

あんなに恐怖し、拒絶していたというのに、今では当たり前のように裸で抱き合って眠るのだ。そのことが我ながら不思議だし、おかしくもある。一体何を怖がっていたのかと思うほど、アレックスのすべてが愛おしい。ノエルをいつも気持ちよくしてくれるその部分にも、先端に顔を描いて愛でてしまいたいほどだ。

「ノエル……そんなにされたら、我慢ができなくなってしまう」

「いいよ、しよう。まだ僕のここ、柔らかいから……」

すでに日も高く昇っているというのに、そんなことは関係なく、二人は再び耽り始める。時間だけでなく、場所も問わない。ベッドの上で、ソファの上で、バスタブの中で、机の上で……。もう、この屋敷の中で交わっていない場所などないのではないかというほどに、どこでも愛し合えるようになってしまった。

ノエルはアレックスの上に乗って、互いの秘所に香油をたっぷりと垂らし、屹立したもののの上に腰を落とす。目覚めたばかりの体はとても感じやすく、たちどころに甘い快楽を得ることができるので、ノエルは朝の交わりが好きだった。

ぐぷっと大きな音をたてて先端を呑み込むと、腰から四肢の先までえも言われぬ快さが走る。極太の肉の杭に潤んだ粘膜を掻き分けられる感触をつぶさに感じ、ノエルはもうそれだけで腰を震わせ、軽く達してしまう。

「あ、ああ……気持ちいい……」

「少しも触れていないのに、もうこんなになっているね、ノエル……」

勃ち上がった先端をなぞられて、ノエルは汗に濡れた頬を赤らめる。

「さっき、アレックスのをいじっていたから……あなたのものに触れていると、気持ちよくなっちゃうんだ」

「私のものに触れているだけで感じるのか？　ふふ……可愛いことを言う」

アレックスが軽く腰を突き上げると、奥まで深く呑み込んでしまい、ノエルは大きく喘いで仰《の》け反《ぞ》った。

まるで自分の体は、アレックスのために作られたもののようだ、とノエルは思う。本来その用途で使うべきでないところをこんな風にされても、目も眩《くら》むような心地よさしか感じないのだから、そうとしか思えない。

アレックスのペニスはその凶悪《きょうあく》なほどの大きさにもかかわらず、弾力に富み、ノエルの華奢な体を傷つけることはない。その形も、反り具合も、すべてノエルのいいところを刺激するようにできていて、アレックスもまた、ノエルのために作られた体のように思うのだ。

「ああ……はあ、ああ、いい、すごいよ、アレックス……」

ノエルは熱い息を吐きながら、アレックスの上で腰を回す。自分の感じる場所を集中して擦ると、ノエルは瞬《また》く間に上りつめ、女の感じるような深いエクスタシーに呑み込まれてしまう。

「ノエル……なんて美しいんだ、お前は……」

アレックスはうっとりと囁き、ノエルの男の印や、胸元の飾りをいたずらにもてあそぶ。絶頂状態の続いている肉体はどこもかしこも性感帯になっていて、アレックスのささやかな愛撫にも著しい快楽を覚えてしまう。

「あ、ああっ、はあ、ああ、ん、ふあ……」

ぐっちゃぐっちゃとものすごい音が、眩い朝の光の注ぎ込む寝室の中に響く。感じすぎて上手く動けなくなったノエルをおもむろに組み敷き、大きく脚を開かせて、アレックスはノエルのいいところばかりを突いてくる。

「ああっ、だめえ、あ、そこっ、アレックス……っ」

「だめではなく、いいんだろう？　言ってみなさい、ノエル……どこが好きなんだ？」

「ひいっ、あっ、あはっ、あ、そ、そこばっかり、あ、あああ」

アレックスはノエルのペニスの裏側のあたりを、執拗に亀頭のエラで擦り立てる。そこがもっとも感じやすい、快楽の神経の剝き出しのような場所だと知っていて、ノエルをもっと惑乱させたいがために、そこばかりを突き上げる。

「いやあっ、ああ、あああ、ふああ」

ノエルの瞳が度を超した快感に虚《うつ》ろに揺れ、唇の端からは唾液が垂れ、少年の若々しい、香ばしい汗の香りが噎《む》せ返るほどに匂いたつ。アレックスはその甘やかな匂いにうっとりと陶酔し、太いものをますます逞しくみなぎらせ、絶え間なく腰を振る。

「ひい、ひいい……」

ノエルはもう言葉も忘れたかのように、ただ絶頂に喘ぐ生き物になる。快楽のしこりをこれでもかというほど捲り上げられ、押し込まれ、すり潰されて、熱く激しい絶頂の波が荒々しくノエルの肉体を押し流す。ペニスからは間断《かんだん》なく蜜がこぼれ、ノエルの引き締まったなだらかな腹の上に乳白色の泉を作る。

「ああ、ノエル……なんて愛おしい、私の天使……」

アレックスは奥まで押し入り、ノエルを抱き締め、深々と最奥をこね回す。閉じることを忘れたノエルの赤い唇に吸いつき、その舌を啜りながら、アレックスは思う様激しく動いた。

「ふううっ、んうっ、んっ、んっ、はあ、ふあ」

「ああ、はあ、ノエル、ノエル……」

ノエルの香油と精でぬかるんだ肉壁はアレックスのいきり立つ剛直をくるおしくしゃぶり、搾《しぼ》り立て、まるでその精を搾り取ろうとする淫魔のようだ。

腹の奥を執拗に抉《えぐ》りながら、張りつめた前を揉み、先端に指を押しつけてやると、ノエルは頭を打ち振ってむせび泣く。

その可愛らしくもみだらな乱れ方に、アレックスは一層昂り、鼻血の出そうなほどに血がのぼり、一瞬前も見えなくなって、頂点へ駆け上がる。

「ああっ……ノエル……っ」

愛おしい少年の名を叫んで、アレックスは夥《おびただ》しい精を、その体の奥に噴きこぼす。ノエルは、いつまでもヒクヒクと痙攣しながら、達している。

昨夜も散々耽ったというのに、いつでも、今が初めてというような旺盛ぶりで燃え上がってしまう。それどころか、回数を重ねるほどに、その快楽は深く、とめどなくなってゆく。

まるで麻薬のようだった。ノエル自身、自分がこんなにも深みにはまってゆくとは思わなかったので、恐ろしいような心地もする。

けれど、今さら無垢だった頃に戻れはしない。どこまで深く溺れていけば、その底が見えるのだろうか？

ノエルにはわからない。ただアレックスと抱き合いながら、日々新たな頂を見ることに夢中になっている。

「なんだかこうしていると昔のことを思い出すな……。お前を拾ったばかりの頃を」

汗をしぼって抱き合った後、脚をもつれさせて微睡んでいると、アレックスは懐かしげに微笑んだ。

昔のこと――アレックスがノエルの世話を何から何までこなして、片ときも離れなかったときのことだ。

「あのとき、アレックスは僕にキスをしたよね。日本人形の格好をさせて」

「ああ……お前があまりに可愛くて、私は血迷ってしまった。幼いお前によからぬ心を催したことを、私は恥じた。あれから、密接に触れ合うことをやめたんだ」

こんな関係になっても、あのときのことを語るアレックスはいたたまれなさそうな顔をする。そんな表情が可愛くて、ノエルはつい昔のことを色々と話したくなってしまう。

「ねえ、アレックス。僕にお化粧なんかしていたけれど、あれはどこで覚えたの？」

「いや……見よう見まねだよ。女たちがする化粧を、興味深いと思って観察していたときがあったから」

「本当に？　実は、自分で化粧をして楽しんでいたんじゃないの？」

「そんなことがあるわけがないだろう！　第一、お前なら似合うが、私が化粧などをしたら妖怪になってしまう」

「僕だって、今じゃ似合わないよ。子どもの頃なら、女の子みたいに見えたかもしれないけれど」

「そうか？　案外、今も似合いそうだが……」

アレックスはじっとノエルの顔立ちを観察し、ふむ、と頷いている。

「一度女の格好で着飾って、外を歩いてみるか？　いつかお前が、あの使用人に影響を受けて口にしたｄａｔｅをしてみようか？」

「僕を連れて歩こうだなんて、珍しいね、アレックス……」

おかしな思いつきに、ノエルはくつくつと笑う。

「でも、この近くじゃ嫌だな。恥ずかしいし。もっと遠いところ……外国でならいいかもしれない。西洋では僕などほんの子どもにしか見えないだろうから、女の人の格好をしても、きっとバレないね」

「なるほど、そうだな。それでは、今度の旅行で試してみよう」

「今度って、どこへ行くの？」

「さあ……私の母の故郷のイギリスでもいいし、父の故郷のフランスでもいい。アメリカでもいいが……私たちの新婚旅行になるのだから、お前の行きたいところに行くとしようか」

「新婚旅行なの？　それじゃ、行ったことのない場所へ行きたいな。ヨーロッパは大体の国へ行ったし……そうだ、アメリカへはまだ行っていないよ。アレックスの住んでいた場所が見てみたい」

「ボストンか……あそこは寒いぞ。今の時期など雪に埋もれているはずだ。だが、美しいところだよ。歴史ある街で趣《おもむき》のある古い建物がいくつもある……そして魚が美味いんだ」

アレックスは少しだけ懐かしそうな目をして、故郷のことを考えている。

「そうだな……久しぶりに、帰ってみてもいいかもしれないな。お前をつれて」

「じゃあ、そのときに女装をしてみる？」

「精一杯高い声を出して自己紹介をしないといけないぞ、マドモアゼル」

二人は鼻先を擦り合わせ、小さく笑い合った。

＊＊＊

想いを確かめ合ってからの二人は、もう余人に隠し切れぬほどに濃密な愛の香りを漂わせるようになっていた。

屋敷の使用人たちはもちろん、近しい友人たちにも二人の関係の変化はそれとなく伝わり、それは公然の秘密となった。

繊細な心を持つアレックスも、恋に溺れて周りの評判などまったく耳に入らない。仕事ぶりはこれまでと変わらないが、アレックスは、めっきり屋敷を出る機会もへり、ほぼ一日中、ノエルを傍らにおいて離さなくなってしまった。

「あーあ。これじゃ逆戻りだ」

ジョージは心底呆れた様子で、出されたコーヒーを無心に飲んでいる。

「どういうことだ」

「大昔さ。お前がノエルを拾ってきたばっかりの頃も、そういう風にしていたじゃないか。見ていられなかったぜ。食べ物を食わせて、夜も一緒に眠って、ずっと一心同体みたいにしてべったりくっついてさ」

「お前もそう思うか。ついこの前、俺も同じことを言った」

「嬉しそうにしてんじゃねえよ。俺は呆れて言ってるんだ」

いつだったかジョージが忠告した、膝に乗せるのはおかしいという言葉もすでに無視され、アレックスはノエルを膝の上に抱きかかえながら、マドレーヌを摘んで口へ持っていってやり、こぼせばそれを舌で舐めとるという有様だ。

「俺の前でくらい、我慢できないのか？」

「お前の前だからだ。さすがに仕事の相手が来たらこんなことはしない」

「でも、膝には乗せるんだろ？」

「それの何がいけないんだ」

ジョージはお手上げの格好をして、自棄《やけ》になったように皿に載った菓子を次々と平らげた。ノエルはそんなジョージをおかしそうな目で眺めている。

「ジョージも慣れませんね。自分だって奥さんや恋人といるときはこうするでしょう？」

「ノエルもノエルだ。どうしてこんなことを許すんだ？」

「アレックスがこうしたいと言うので。僕はすべて彼に従うつもりなんです」

「ノエルは俺のものだからな。当然だ」

いよいよジョージが頭を抱えたとき、控えめなノックの音が聞こえる。

「どうした」

「旦那様。曙新聞の方から、お電話です」

「ん……、そうか。仕方ないな……」

アレックスは渋々《しぶしぶ》ノエルを膝から下ろし、愛おしげにキスをして、気怠《けだる》そうにサロンから出ていく。その後も恬然《てんぜん》として紅茶を飲んでいるノエルに、ジョージは縋るような目を向ける。

「まったく……目を覚ましてくれよ。お前はもっと賢い子だったはずだろう」

「寝てはいないつもりですが」

「アレックスがああなっちまってるのは、お前が原因だろうが。お前たちの関係がどうなろうと俺には関わり合いのないことだが、長年の友人が少年趣味の色ボケなんて言われちゃたまらない。アレックスはもうお前の言うことにしか耳を傾けないんだ。お前が手綱《たづな》をしっかり握ってくれなけりゃ……」

ノエルは一応真面目な態度でジョージのお説教を聞いているが、あまり心に響いている様子もない。それを察して、ジョージは捲し立てるのをやめた。

「あーあ……。いずれはこうなるかもしれないと思っていたが、実際なっちまったもんは仕方ないよな」

「ジョージ。もしかして勘違いしているのかもしれませんが、僕は無理矢理言うことを聞かせられているわけではないんです。僕は自分の意志で、アレックスと共にあることを決めたんです」

ノエルはもう二度とアレックスを拒否したり、否定したりしないと決めている。以前から、自然とアレックスの望むような受け答えをする習慣が身についていたが、一度傷つけてしまったアレックスの心を、もう二度と悲しませたくないと思っているからだ。

他人にどう思われようと構わない。アレックスの悲しみも喜びも自分に関することだけなのだと知ったノエルは、彼を守るのは自分だけだと思いつめている。

「そうだな、ノエル……お前も、もう十六だ。自分で考えて、判断できる年頃だ」

ふいに、ジョージの声が低くなる。おどけた表情が消えて、何かを深く考え込んでいる様子だ。

その変化に気づき、ノエルは怪訝に問うた。

「どうしたんですか、ジョージ」

「ノエル。これから俺が言うことを聞いて、よく考えて欲しい」

出し抜けに言って、ジョージは身を乗り出した。

空気がいつの間にか張りつめている。ノエルは覚えず息を呑み、気圧《けお》されたように小さく頷く。

ジョージはその反応を見て何かを言い出そうとするものの、一度躊躇《ちゅうちょ》した。しかしやはり思い直したように、覚悟を決めた面持ちで、口を開いた。

「あのな……アレックスの奴は、本当は、お前が誰だか、知っていたんだよ」

「え……？」

その重々しい口ぶりに、ノエルは困惑する。

（僕が誰だか、知っていた……？）

考える暇も与えず、ジョージは堰《せき》を切ったように語り始める。

「アレックスがお前を拾った翌日、あの辺りに子どもを捜しにきた女があったそうだ。人々に尋ねてまわった子どもの特徴は、まさにお前と瓜二つ。お前の母親が、お前のことを捜しにきていたんだよ」

「僕の……母親が」

「そのことを知って、アレックスは秘密裏に、その女を探らせて、身元を調べ上げた。万が一、自分に何かあったときのことを考えて、もしものときはお前を本来の居場所に返す……と思ってのことかもしれないが、俺には、違うように思えた」

ジョージはひと呼吸おいて、ノエルの顔を見つめ、力強く言った。

「あいつは、しばらくそいつらを観察させていたんだ。何年も。完全に、お前のことを諦めたと確信するまで、ずっとな。……お前を、手放したくなかったからだ、と俺は思う」

「アレックスが……そんなことを」

初耳だった。アレックスがノエルの知らないところでそんなことをしていただなんて、まるで知らなかった。

けれど、今考えてみれば、そうかと思うところもある。編集者に来てもらうことも可能なのに、出不精のはずのアレックスがわざわざ仕事を理由にいつも東京まで出ていたのは、その調査の報告を聞くためでもあったのだろう。そこまで出てしまえば、葉山の屋敷にいるノエルには何もわからない。

「でも……どうして、今さらそんなことを、僕に……」

「これは、知っていたのに、ずっとお前に黙っていた俺の、罪滅ぼしだ」

気が昂っているのか、ジョージの顔は赤らみ、目には涙が浮かんでいる。

「本当にすまなかったと思っている。お前の母親のことを知ったとき、俺はあいつに、子どもを返してやれと説得したんだ。だけどあいつは、頑《がん》として首を縦にふらなかった。色々こじつけて、絶対にお前を手放そうとしなかった。俺は、あいつのその熱意に、負けちまったんだ。俺が、お前を本来の場所へ返してやるべきだった。あいつに……ここまで、されちまう前に」

手の甲《こう》で涙を拭《ぬぐ》い、ジョージは光る目でノエルを見据《みす》えた。その涙は過去の行いを悔《く》いるものなのか、それともノエルを哀れに思ってのことなのか。

「知りたいか？　自分の正体を。本当の生まれを」

「ジョージ……」

なんて優しい人なんだろう、とノエルは思う。ジョージはいつもふざけてばかりいるけれど、本当にアレックスのことや、自分のことを考えてくれていると感じる。

本当はこんな異常な二人など見放してしまいたいだろうに、見限ることができない。ずっと秘めていたことまで明かして、ノエルを説得し、まともな道に戻そうとしている。

しかし、その道が、自分たちにとって幸福であるとは限らない。何もかもが、最初から、世間とは違ってしまっているのだから。

ノエルは憂鬱なため息を落とした。

ジョージが長年閉じ込めてきた秘密を明かしてくれたのだから、それに応えるべきなのだろう。

「ジョージ。僕は、アレックスにそう望まれているからと、子どもらしく振る舞っていました。自分でも、無邪気である方が、都合がいいと思っていました。本当は、ずる賢い、賢しげな自分を隠すために」

「……ノエル？」

そりゃ、一体……、とジョージが口の中で呟くと、ノエルは見る者を惑わせるような、年齢に不相応な微笑を浮かべた。

「思い出していたんです」

「……へ？」

ジョージはキョトンとして、口を開けたまま固まっている。

「本当は、とっくに、思い出していたんです。アレックスに拾われて、一年も経たないうちに、すぐに。僕は、自分が誰なのか、知っていたんです」

「……嘘だろ」

「アレックスと一緒にいたかったから。ずっと記憶のないふりをしていました」

「おいおい、嘘だって、言ってくれよ！」

「ジョージ、嘘じゃありませんよ」

ノエルは苦笑する。

「だって、アレックスは僕の神様だったんです。出会ったときに、そう思ってしまった。この人と一緒にいたいと思ってしまった。アレックスは、僕と出会ったときに僕の記憶がなかったのは、自分のものになる運命だったからだと言っていました。僕も、そう思ったんです。あのとき、一時期でも記憶がなかったのは、アレックスと出会うためだったと」

ジョージは呆然として聞いている。

「別に、元々の家が嫌なところだったから、戻りたくなかったわけじゃないんですよ。優しい母、懸命に働く父と、幸せな家庭でした。それでも、僕は彼を選んだ。焼け野原から僕を救い出し、ノエルという名前を与えてくれた、彼を選んだ」

あのとき、ノエルはたったの六歳だった。父も母もまだまだ恋しい年頃だ。親の庇護の許で生きてゆくことが当然の幼子《おさなご》だ。一年共に過ごしたからといって、他人で、しかも外国人であるアレックスを選んだのは、なぜだったのか。

（僕のアレックスへの愛情も、とっくに家族のものを超えていたのかもしれない……アレックスに抱かれたあの夜よりも、もっと以前から……）

血の繋がった家族よりも、自分を犬のように拾った男の方を愛するだなんて、きっとノエル自身も、元々普通の子どもとは違っていたのだ。

ただそれほどに、アレックスとの出会いは、記憶もなく盗みをして暮らすしかなかったノエルにとって、魂の深くにまで入り込むほどの衝撃的なものだった。

名前を与えられたときの感動。きちんとした形のある野菜の入ったスープの美味しさ。暖かなベッドの柔らかさ。すべてが、信じられないほどの幸福と、歓喜に満ちあふれていた。

（アレックスにとっては何でもない施《ほどこ》しだったのかもしれない。僕を欲しいと思って連れ去った結果の、当然の生活を与えただけにすぎないんだと思う。けれどそれでも、あのときの僕には、アレックスのもたらしてくれるもののすべてが、神様からの贈り物だったんだ）

それは何もかもを失って荒れ果てていたノエルの心の隅々にまで染み渡り、ノエルのすべてはアレックスへと向けられた。突然、呆気なく蘇った記憶と比べても、そのときにはすでに、あまりにもアレックスの存在はノエルの中で揺るぎないものとなっていたのだ。

一緒に暮らすうちに、純粋に、アレックスを家族と思い慕っていた。幼い日々に、愛欲を伴った触れあいは想像もつかなかった。だからこそ、突然の彼の行動に、ノエルは恐怖し、拒絶した。

けれどそれは、驚きと、未熟さのためのこと。ノエルも心の奥底ではアレックスを恋していたからこそ、彼と添い遂げると決めたのだ。

「お前も……アレックスを、騙してたっていうのか、ノエル」

ジョージは愕然とした面持ちで、呆けたように呟く。

「俺はずっと……お前を気の毒な奴だと思っていた。あんなめちゃくちゃな男に拾われて、母親からも引き離されて……だけど、違ったのか。とんでもない奴に拾われて可哀想にと思っていたのに、そうじゃなかったのか……」

数分前とは、まるで違う目つきでノエルを見ている。すでに、目の前の存在が、これまで親しく付き合ってきた少年とは違う『何か』だということを、知ってしまった目だ。

「とんでもないものを拾っちまったのは、アレックスの方だったのかよ……」

「ジョージ。あなたは、運命の人がいると信じますか?」

ジョージの混乱を鎮めようと、ノエルは穏やかに語りかける。

「僕にとってのその存在が、アレックスだったんだと思います。不思議な絆で結ばれた、運命の人……。だから僕は、彼を選んでしまった」

「俺は……そんなことを言っちまうお前が怖いよ、ノエル」

ジョージの声が震えている。

「幼い子どもが、ずっと一緒に暮らしてきた血の繋がった家族よりも、少しの間一緒に過ごした男を選ぶだなんてよ……しかも、器用にも記憶を取り戻したことを隠していたって……？　この、何年間も……？」

「それは、おかしいことなんですか？」

「おかしいよ……どうしてわからないんだよ！」

ジョージは耐え切れないというように立ち上がる。

「子どもは嘘つきな生き物だ。だけど嘘が上手いわけじゃない。大人には子どもが何かを隠しているかなんてすぐにわかる。だけど、アレックスは気づかなかった。あの神経質で繊細なアレックスが！」

ノエルには、なぜジョージがこんなに顔を青ざめさせ興奮しているのかわからない。ノエルはただ、アレックスと一緒にいたかったから、彼を選ぶために、記憶が戻ったことを隠していただけだというのに。

「アレックスも言っていたよ、神のお導きだ、運命だ、ってな。あいつがおかしいからお前もイカレちまったのか、お前がおかしいからあいつもおかしくなっちまったのか……もしくは、最初からどっちもおかしかったのか……。は、どっちにしろ、今となっちゃ同じだな」

「ジョージ……どうして怒っているんですか」

「怒っちゃいないよ！　ただ……なんだかもう、心配していた自分が馬鹿みたいだと思っただけさ」

投げやりにそう言って、ジョージはサロンを出ていこうとする。途中で戻ってきたアレックスとすれ違うが、その顔色にアレックスも驚いたようだ。

「ジョージ。一体どうしたんだ」

「もう、俺には付き合い切れないよ。何なんだよ、お前らは！」

ジョージは顔を歪《ゆが》めて喚《わめ》きながら、怪物から逃げるような足取りで出ていった。

ノエルは、もう、ジョージはここへは来ないかもしれないと思った。けれど、それでいい。アレックスと自分を引き離そうとする人は、来なくていい。

ジョージはきっと、真実を打ち明けられたノエルがショックを受け、アレックスから離れようとすると思ったのだろう。そして、本当の家族に会いに行くことを期待したのに違いない。そうすることで、自分がずっと背負ってきた罪を償《つぐな》えると思っていた。まさか、ノエルがもうずっと前に記憶を取り戻していたなどと、少しも思わずに……。

「ノエル。あいつはどうしたんだ。一体何を話した」

「別に……普通に話していただけだよ。もう、呆れちゃったんじゃないかな。僕もアレックスも、あまりにも人目を気にしないから」

「ああ……あいつは『常識人』だからな」

アレックスは苦笑して、ジョージを追うこともせず、ソファに座るノエルを抱き寄せ、キスをする。

「さっきの電話……何だったの？」

「ああ、つまらないことさ。聞きたいのか？」

「うん。話せることなら」

「別に、秘密にすることでもない。以前ここへ来た、神崎晶子って女を覚えているだろう」

神崎晶子――ここへアレックスの婚約者としてやってきて、その翌日に捨てられてしまった人。

「もちろん。そんなに前のことじゃないでしょう」

「あの女が、私のあることないことをでっち上げて、新聞社や雑誌社に売ったそうだ。それで、私と付き合いのあるところはそれを受けつけなかったそうだが、記事にする連中もいるかもしれない、というご忠告だ」

「え……そんなことをするような人だったんだね。上品そうに見えたのに。ひどいことするなあ……」

「気持ちはわかるよ。こちらも突然捨てるようなひどいことをしたわけだからね。まあ、罪滅ぼしと思って、放っておくよ。日本人は飽きやすいから、せいぜい人の噂も七十五日だろう」

罪滅ぼし――さっきもジョージから聞いた言葉だと思うと、ノエルはなんだかおかしくなってくる。

何を罪と思うか。どう償おうとするのか。それらはすべて自分との戦いなのだ。すべてはエゴイズムに帰結する。ノエルも、アレックスも、自分の思う通りにしか動かない。誰かのためではなく、すべて自分のために。

「あまりにも面倒なことが続くようなら、日本を出てもいいしね。私はこの国を愛しているけれど、最も愛しい人との生活を脅《おびや》かされるようなら、迷わず他の土地を選ぶ」

「うん……僕はアレックスと一緒なら、どこへでも行くよ」

元より、アレックスのいない世界を知らないノエルだ。そこが日本でも、アメリカでも、フランスでも、どこにいてもアレックスさえいれば、ノエルの世界は完成する。

ジョージは知らないのだ。本当に惹かれ合うということを。同じ色をした魂が、離れられなくなってしまうということを。

そう――自分たち二人は、あまりにも似すぎている。お互いが共にあるためにどちらも秘密を持ち、そのためだけにいくらでも犠牲を払う。そのことに何の違和感も覚えない。

生まれた国も年齢も違うのに、同じ魂を持っている。出会えたこと自体が奇跡で、運命だった。

「ノエル……何を考えているの」

アレックスはノエルを抱き締め、幾度も口づけを落としながら、その目の奥を覗き込む。

ノエルのすべてを支配しようとする目。そして、ノエルにすべてを支配されたがっている目だ。

「そんなの、決まっているでしょ」

ノエルは繊細な憂い顔の恋人に微笑みかける。

「アレックスのことだよ。僕はいつでも、そのことしか考えていない」

男は少年の答えにこの上なく満足し、今にもことに及びそうなほどの情熱でキスを繰り返す。

ふいにノエルは気まぐれが起きて、アレックスの腕からするりと抜け出した。

「ねえ、アレックス。久しぶりに、踊ってみない？」

「どうした、いきなり」

「だって、せっかくダンスを習っているのに、どこでも踊る機会なんかないじゃないか。僕を誰とも踊らせる気がないのなら、アレックスが相手をしてよ。女の人の方はしばらく踊っていなかったから、忘れちゃったかもしれないけど」

アレックスは頷き、ノエルの誘いに応じて、ゆったりとしたワルツのレコードをかける。

そしてノエルの腰を抱き、腕をとって、ゆっくりと踊り始める。

ノエルは目を閉じて、アレックスの動きに合わせ、揺れ動く。その心地よさ――男の腕に身を委ね、流れに任せてただひたすらに踊る、見も知らぬ闇路《やみじ》へ迷い込むような、甘美な隷属《れいぞく》感。

かつてあった外の世界への興味や朧げな憧れは、今は遠くにある。なぜそんなつまらないことに惹かれていたのか、今では不思議に思うほどだ。

そういえば、あやめのこともここしばらく忘れていた。ノエルを外に誘い出し、そしてノエルのためにここを去っていったあの少女は、今はどうしているのだろうか。

どこへ行ったとしても、もはや自分と関わることはないのだろう、とノエルは思う。あるいはジョージも、この先の道に交わることはないのかもしれない。

先ほどまで目の前に座っていた人のことだというのに、すでに遠い過去のように思われることが不思議だった。

自分と外とを繋ぐ人々が、次々と去っていく。けれどノエルはむしろ、心が晴れ晴れとしていることに気がついた。

戦後の焼け野原から、この国は瞬く間に復興し、成長を続けている。ノエルがアレックスに拾われ、世間と隔絶《かくぜつ》された世界で育っていく一方で、めざましい変化が外では起こっている。人々は新しいものに心惹かれ、次々に流行の服に着替え、古いものを捨ててゆくのだろう。

（それでも僕は、このままアレックスと踊り続ける……他の誰とも踊らない）

ノエルの時は、アレックスに出会ったあの日に止まったまま。

あの日がノエルの世界の始まりであり、終わりだったのだ。

まだ小さな芽だったノエルは、アレックスの献身的な世話に応えて成長し、葉をつけ、蕾となり、花となった。

それがノエル——クリスマスにひっそりと生まれた花。

たった一人のためだけに、今日も密やかに花開く、一途な花。

あとがき

こんにちは。丸木文華《まるきぶんげ》です。

今回のこの『ノエル』で、花丸文庫ＢＬＡＣＫさんでは六冊目となります。それぞれ間が空いているので、そんなにたくさん書いたようには思っていなかったのですが、今更かなりお世話になっていることに気づいて、感謝しきりであります。

いつもは何となく書きたいお話がすでにあって、それを担当さんに了承していただく流れだったのですが、今回はなかなかしっくりくるアイディアが上がってこず、二人で平安はどうだ近代はどうだミステリーはどうだと長々と頭を突き合わせて話し合い、結局ここに落ち着いた次第となりました。

攻めが外国人……というのは他でも書いたと思うのですが、外国人×日本人、というのはＢＬでは今までなかったかな、と思います。しかも、この外国人は書けば書くほどヘンな人になり、なかなかに特殊な人格のガイジンになりました。

あの時代に日本に滞在したことのある外国人やらのことを調べていたら、戦争の絡むことなので、なかなかシビアな情報に行き当たったりして、戦争は嫌だなあと改めて思ったりしましたが、今回の作品の時代に生きている人たちは現在もまだまだ存命で、そんなに遠くの話ではなかったんだ、と再認識しました。

ということは、アレックスもノエルもまだどこかで生きているのかもしれません。きっと未《いま》だに仲良く二人の世界の中で平和に暮らしていることでしょう。

思春期の頃に読んで影響を受けたマンガの中に、「精神年齢は生まれたときに決まっている」という主張のものがありまして、その当時感銘《かんめい》を受けたのですが、この歳になっても、あの考えは正しいなあと思うことが多いです。子どもなのに妙に老成《ろうせい》した子って、いますよね。大人なのにいつまでも子どもみたいな人も。

ノエルはアレックスと自分の魂が似ている、と考えていますが、ノエルは子どもの頃からずっと大人で、アレックスはずっと子どもなのかな、という気もしています。

まだ現時点でラフしか拝見していないのですが、門地《もんち》先生の描く二人もイメージぴったりで、本になった『ノエル』を手にするのが本当に楽しみです。門地先生は小説を書く前からの大ファンで、二作品も挿絵を描いていただけるなんて本当に夢のようです。昔自分が読者だったのに今ではその先生方と同じ業界にいるなんて、とても不思議な気持ちで……いつか私もそう思ってもらえるような、息の長い作家になれたらいいなと思います。

最後に、この本を読んでくださった皆様、とっても可愛らしいのにどこか陰《かげ》があって、素晴らしく魅力的で魅惑的な絵を描いてくださった門地先生、いつも的確で丁寧な指示をしてくださる頼もしい編集者のS様、本当にありがとうございます。

またどこかでお会いできたら、嬉しいです。

作家・イラストレーターの先生方へのファンレター・感想・ご意見などは
〒101-0063東京都千代田区神田淡路町2-2-2
白泉社花丸編集部気付でお送り下さい。
編集部へのご意見・ご希望などもお待ちしております。
白泉社のホームページはhttp://www.hakusensha.co.jpです。

花丸文庫 BLACK

ノエル

2015年11月25日　初版発行

著　者　丸木文華 ©Bunge Maruki 2015

発行人　菅原弘文

発行所　株式会社白泉社
〒101-0063 東京都千代田区神田淡路町2-2-2
電話 03(3526)8070［編集］
電話 03(3526)8010［販売］
電話 03(3526)8020［制作］

印刷・製本　図書印刷株式会社
Printed in Japan　HAKUSENSHA
ISBN978-4-592-85137-0

定価はカバーに表示してあります。

●この作品はフィクションです。
実在の人物・団体・事件などにはいっさい関係ありません。

好評発売中　花丸文庫BLACK

★俺、先生に一目惚れしちゃったみたい♡

野獣なネコ 流されるクマ

丸木文華　イラスト＝鬼嶋兵伍　●文庫判

大学生の健児がヘタレという汚名返上のため、母校の文化祭でナンパしたコスプレメイド美少女は女装男子だった!!　落ち込む健児だが、その後バイト先の予備校で再会し、その子からぐいぐい迫られて…!?

★お前が俺だけを見てくれないから…!!

mother

丸木文華　イラスト＝門地かおり　●文庫判

天真爛漫だった真治は、バイト帰りにレイプされて以来、人間不信に陥ってしまう。いつもそばにいてくれた親友・塚越のおかげで立ち直ろうとした矢先、差出人不明の封筒が届き、あの時の写真が…!?

好評発売中　花丸文庫BLACK

★「破滅の中に咲いた純愛――」

鬼子の夢

丸木文華　●イラスト＝笠井あゆみ　●文庫判

不吉な出生から「鬼子」と呼ばれ、男たちから弄ばれてきた与六。絶望し村を飛び出した彼は谷に転落し、佐助という男に助けられる。その後も生活を共にし、二人は束の間の幸せな日々を過ごすが…!?

★お前は、愛しいあの人の生まれ変わりなのか？

千年の蜜愛

橘かおる　●イラスト＝稲荷家房之介　●文庫判

老いぬまま独りさすらう運命に囚われ、千年の時を生きる芳典。癒しの力を宿した彼の前に、初恋相手に瓜二つの柾木が現れる。だが芳典を徹底的に侮蔑し、生きる意思を持たぬ柾木を救えるのか…!?

好評発売中　花丸文庫BLACK

★殺してでも共に……人気シリーズ第2弾！

ニライカナイ～此岸《しがん》の徒花《あだばな》～

高岡ミズミ　イラスト＝斑目ヒロ　●文庫判

閻羅王の側近の中でも最強の存在——大鉈の鉈弦と衝撃の再会をした清貴。その昔、彼を傷つけた最悪の別れが一瞬でよみがえり、清貴は激しく動揺する。だが、鉈弦自身は記憶を失っていて…!?

★激甘の三人プレイシリーズ、最新第6弾!!

エンジェルヒート～vacances《バカンス》～

西野　花　イラスト＝DUO BRAND.　●文庫判

多忙を極める景彰と漣の帰りを待ち、長らく続いた独り寝の夜。二人のエンジェルである七瀬は、罪滅ぼしのように休暇へ連れ出される。開放的な異国の地で、どこまでもアブノーマルに求め合うが…!?